Freaks, Geeks and Asperger Syndrome
A User Guide to Adolescence

我很特别，
这其实很酷！

[英]卢克·杰克逊（Luke Jackson）◎著
陈烽　闫琴琴◎译

谨以此书纪念艾玛-简，
她是那么可爱、那么美丽，令人珍爱、令人思念。

如果一个人总是与周围格格不入,也许因为他踩的是不同的舞步。那就让他按自己的节奏跳吧,无论那旋律多慢、多远,无论你能否听见。

——亨利·戴维·梭罗(Henry David Thoreau),1854

献给那些感觉自己格格不入的人。
请记住：你很特别，这其实很酷！

致　谢

阿斯伯格人士大多希望生活比较规律、不太习惯变化，喜欢熟悉的东西或者环境，我也不例外。不过，我也知道，要是我想写什么、想聊什么，读者，尤其是看过我别的书的读者都能提前猜到的话，那就未免让人觉得太没意思了。

尽管如此，我还是要在这里表达我的感谢之情，不管是在哪里，我都要对这些人表示感谢。因此，如果有人听到过这些话，就请耐着性子再听一遍吧。

首先，非常感谢我的妈妈（又名"女超人"），我要为她鼓掌喝彩，无论是在写这本书的过程中，还是在日常生活当中，她都给了我极大的帮助。

还要感谢本书的出版人杰西卡，感谢她帮我出版了这本书，也感谢她做我的朋友。

感谢莎拉、安娜和雷切尔，感谢她们在我写……那个……怎么谈恋爱那一章的时候帮了我一把。

感谢马修、约瑟夫和本，感谢他们做我的好兄弟，我们在一起度过的所有美好时光，我都心怀感激。

感谢玛丽莲·勒布雷顿在我写作时给我鼓励、给我支持，没有她的帮助，我做不到这些。

感谢保罗·沙托克坚持不懈地进行科研工作，那些研究结果让我甚感欣慰。(同时也要说声抱歉：对不起，保罗，上一本书里忘了感谢你了。)

感谢朱莉娅·利奇让我明白我不是一个怪胎。

感谢我的跆拳道教练沃丁顿先生，感谢他让我发现了自己擅长的新领域，学到了新技能，让我信心倍增。

推荐序

总算有一本书是专门写给处于青春期的阿斯伯格孩子了。作者卢克·杰克逊自己就是一位阿斯伯格少年，今年13岁。说到青春期孩子碰到的困难，他可以算是专家了。在这本书里，他探讨了很多话题，包括自己对于阿斯伯格综合征这一诊断的理解及这种解读的价值和意义，还包括自己遭遇霸凌的经历，甚至还有恋爱宝典。他就像是在和读者聊天一样，娓娓道来，为同龄小伙伴指点迷津、出谋划策。相关研究曾表明，阿斯伯格综合征人士难以解读他人的想法和情感，然而，卢克却有着敏锐的洞察力，他很了解同龄人的想法，也明白家长和老师的担忧。他有一种独特的幽默感，这对青春期的孩子来说很有吸引力。

在书中，卢克谈到了自己对于阿斯伯格综合征的理解，并且提供了一些应对策略，这是其他同类书籍未曾涉及的。他解释了为什么应该去做诊断，面对诊断，他的态度也充满了正能量。他写道："在有些人眼里，这可能是残障，但在我眼里，这是天赋。"卢克在书中很多地方用了类比的手法进行描写，这成就了他别具一格的写作风格。书中谈到了令他痴迷的东西,谈到了感知觉问题及睡眠问题,分析了青春期孩子的语言特点和说话风格,讲述了他在上学期间碰到的各种问题、在为人处世以及学业方面遭遇的困难,提到了自己遭遇霸凌的经历,强调了谈恋爱的注意事项,列举了自己因为"道德洁癖"碰到的窘境,对于那些特别容易让阿斯伯格综合征孩子感到困惑的习语俗语,他也进行了详细解释。读完这本书,我感慨颇多,卢克能够如此生动详尽地描述自己独特的人生体验,其文采令我赞叹不已,他的建议如此宝贵,将会给家长、老师以及专业人士带来很多的启示,其价值令我深感认同。就我自己而言,在临床实践中结合他的智慧经验,会有很大的收获。

  这本书是写给那些感觉自己"格格不入"的人的,请记住:"你很特别,这其实很酷!"处于青春期的阿斯伯格孩子,如果你总是不够自信,时常感到焦虑、紧张、难过、苦恼,那么这本书将会带你走出情绪低谷。作者的写作风格既轻松有趣,又给人以启迪,除此之外,还很"治愈"。这本书会让我们更加深入地了解阿斯伯格综合征,彻底改变我们的观念。"所言皆会心,掩卷忽而笑",就让这本书来帮你驱散心中阴霾吧。

——托尼·阿特伍德博士(Tony Attwood, Ph. D.)
世界知名阿斯伯格综合征研究专家
《阿斯伯格综合征完全指南》作者

目 录

简介——我这一大家子 / 001

阿斯伯格综合征和孤独症谱系 / 008
  是标签,还是灯塔?/ 014

是公开,还是隐瞒?/ 021
  告诉孩子真相 / 021
  告诉别人吗?什么时候说?怎么说?/ 029

痴迷和执着 / 035
  特殊兴趣 / 035
  强迫行为 / 048
  控制强迫行为 / 050

感官信息和感知觉 / 054
  所有的感官信息——我们的感知觉都不一样 / 054

说说睡觉这件事 / 072
  服用药物 / 073

如何解决睡眠问题——给阿斯人士的建议 / 076

如何解决睡眠问题——给各位家长的建议 / 081

语言和学习 / 085

少男少女悄悄话 / 085

字面意思和理性思维 / 092

家长说话明确，孩子过得开心 / 097

上学问题…… / 101

阅读、写字和算数 / 104

作业就不用说了 / 113

做作业——如果不得不做的话，

要怎么做才能收益最大化呢 / 117

不要安排太多的体育活动 / 118

非得上学吗？/ 123

遭遇霸凌 / 126

我的亲身经历 / 126

什么是霸凌？/ 129

为什么针对我？/ 134

什么样的情况不算霸凌？/ 137

如何应对霸凌 / 139

跆拳道 / 147

我的跆拳道课 / 148

  跆拳道的历史 / 150
  跆拳道的好处 / 153

友谊和社交 / 157
  如何赢得友谊，如何吸引他人 / 157
  给心急的家长一个提醒 / 161

恋爱宝典 / 165
  厘清这些感受 / 167
  提高成功率的秘籍 / 169
  约会的注意事项 / 171

道德和原则——理想与现实 / 174
  负面宣传 / 176
  规则就是用来遵守的 / 178
  阿斯少年的良心话 / 180

正能量结束语 / 183
习语注释 / 189
译后记 / 193
推荐书目 / 197

简介——我这一大家子

我叫卢克·克里斯托弗·杰克逊。我有一头棕色的短发——不过大多数时候都是油乎乎的——我发胶打得太多了。我的眼睛是碧蓝色的,有点像大海的颜色。妈妈说我的眼睛很"深",可是我觉得这种说法有点可笑——眼睛能有多深,不过就是角膜到眼窝那么深而已。总有人说我这个人也很"深",这个意思是指我特别爱琢磨。按年龄来说,我长得有点矮,不过我家人都这样,我猜肯定是基因的关系。

我觉得自己乐于助人,也挺善良的。我还很有礼貌,我觉得这一点很重要。

写这本书,原因有很多。我已经长到十多岁了,有着各种各样的困惑,碰到了很多之前没有碰到过的难题。我在网上到处搜索,希望能找到一些书,帮我答疑解惑,但是一本都没找到——根本就没有专门写给青春期孩子的书。我的意思是,关于青春期的书是很多,但不是给我这样的孩子写的(一会儿我就解释我这样的孩子有什么特别之处)。我喜欢写作,还乐于助人,所以我就想,要是能自己写一本书的话,其他同龄孩子有类似问题的时候就有参考的了,同时还能帮助家长和照顾者更加了解自己的孩子。另外一个很重要的原因，就是希望专业人员，不管是哪个领域的专业人员，能看看这本书，看完之后能对像我这样的人多一些理解。

因此，如果你是一位专业人员，看到这里不要只觉得我这个孩子好像还挺可爱的，然后就把书放下了。请你接着往下看，再多了解一些。我非常希望这本书能让你享受阅读的乐趣，同时还能让你有所收获。

我肯定会详细介绍我自己的，不过在这之前，我想聊聊我的家人。我觉得我的家人都挺有趣的。我们家有七个孩子，还有我妈妈。下面按年龄顺序一个个介绍：妈妈杰奎琳·卡罗——不过很显然我们不能这么叫，我们喊她妈妈；大哥马修·理查德，18 岁；大姐蕾切尔·路易丝，16 岁；二姐莎拉·伊丽莎白，14 岁；我，刚满 13 岁；妹妹安娜·丽贝卡，11 岁；弟弟约瑟夫·大卫，8 岁；小弟本·柯蒂斯，5 岁。

大哥马修这辈子最大的愿望就是加入海军陆战队。但是很搞笑的是，妈妈一向都不喜欢枪炮之类的，不管是玩具还是什么，都不喜欢。我家连玩具枪都没有过，可马修现在每周都去海事青年团[①]，在那里摆弄真枪！马修是早产儿，出生的时候"还没有一袋糖沉"（大家总是这么说）。本一出生就住在特护婴儿病房，我们大家常常去看他，那里的护士经常说："还记得马修那个小孩吗？就是 24 周那个。"这种说法真奇怪！意思是指马修只在妈妈肚子里待了 24 周就出生了。他有阅读障碍

---

① 译注：指美国海军海事青年团（United States Naval Sea Cadet Corps）。

（dyslexia）和运动障碍（dyspraxia），有这两种障碍就意味着人可能是呆头呆脑、笨手笨脚的。唉，他还真是呆头呆脑、笨手笨脚！他的脚超大，常常穿一双大头军靴，总是驼着个背，像头大象一样横冲直撞的，要是再扛个警棍，那就齐活了。大多数时候我们相处得都很融洽。他是个好哥哥，我们在一起很开心。

大姐蕾切尔在很多方面很有天赋，方方面面，没有她不会的。她很外向，擅长和人打交道，很招人喜欢，尤其招男生喜欢！她喜欢唱歌，一天到晚地唱啊唱。她说想当歌手，她的嗓音确实不错，但听她唱歌我还是觉得有点心烦。她在艺术方面真的很出色，尤其是画画。有些画确实超棒，这种话从我嘴里说出来已经算是溢美之词了，因为我有时候真挺烦她的。我觉得这可能是因为她跟我实在是截然相反，简直就是两极，所以我们俩谁都不理解谁。

二姐莎拉也很有天赋，不过是那种不显山不露水的。她跳舞跳得非常好，最近在学校登台表演，跳得非常出色，把剧团里的其他人都比下去了！莎拉其实是个很有趣的人，最有趣的是她不知道自己这么有趣。她好像听力有点问题。举个例子，妈妈跟她说："莎拉，沏杯茶好吗？"她会意味深长地看着妈妈，说："噢。"她经常这么回应别人。她看起来好像傻乎乎的，但是我知道她很爱琢磨事，也很上进。她在学校的时候特别安静。其实她在很多方面跟我很像。她超级较真，爱抠字眼，如果有人不小心碰到她或者挨到她，她会很介意——因为她不喜欢别人离她太近!

妹妹安娜,我觉得她以后会像大姐蕾切尔多一点。她也挺招人喜欢的,表现得像个小大人,就是有时候有点用力过猛。她舞跳得也很好,在写诗方面也很有天赋,很短的时间就能写出一首诗。我觉得总有一天她能出版自己的诗集。她还以家里几个男生为题写了好几首诗。她对我们家小弟本特别呵护,比家里所有人都尽心(当然了,妈妈除外),就像一个小妈妈一样。安娜特别喜欢吃,尤其是甜食,这一点是最重要的——说到她的话,只说这一点就够了!其实有她在身边真的很好,因为她喜欢烘焙,而且总是尝试新品。她长大以后可能会当个大厨。

弟弟约瑟夫有很严重的听力问题,而且还多动。他一刻都安静不下来,总是东跑西跳、连滚带爬的。最近状况好多了,不过他还是有严重的听觉障碍和注意力问题,这种情况被称作 ADHD,也就是注意缺陷多动障碍(Attention Deficit and Hyperactive Disorder, ADHD)。自从控制饮食以来,他的多动状况好多了,但是注意力问题还是没什么好转。他们学校一直在想方设法帮助他改善听力条件、提高注意力。

我们学校也有一个这样的孩子,就在我们班。说实在的,这个孩子真的有点傻,大多数时候的表现都挺滑稽的。约瑟夫的动作也很滑稽,特别好笑。我们班这个孩子不听话,还总是干傻事,特别冲动。后来我才发现他也有注意缺陷多动障碍,我一下子就明白了。毫无疑问,他和约瑟夫是一样的孩子,不过他比约瑟夫"淘气"多了。

约瑟夫的想象力超级丰富,比我见过的任何一个人都丰富。我觉得他要是去写小说肯定很厉害。就是有一点,他平时跟别人讲事情的时候,人家总是搞不清楚哪些是他想象出来的,哪些是真实发生的。有时候我都怀疑他自己可能也搞不清楚。妈妈为此也挺担心的,因为他说得实在太逼真了,万一他要是跟别人说什么不好的事,说不定人家就信了。

我还记得,几年前有一次我跟妈妈一起接他放学,当时是他的助教老师送他出来的。妈妈高兴地问道:"嗨,宝贝,今天在学校开心吗?"他说:"嗯,开心,因为老师今天没打我,一次都没有。"可怜的老师啊,脸一下子就红了,妈妈也吓了一大跳。如果孤独症谱系障碍(Autism Spectrum Disorder, ASD)人士在想象力方面存在问题——约瑟夫就非常典型——分不清现实和想象之间的区别,那确实是个大问题。

最后,聊聊我们家小弟——本。他也是个早产儿,当时有颅内出血的情况,后来导致他出现了肌肉控制问题。小时候,他常常睡着睡着腿就抽搐起来,整个人绷起来向后仰过去,像一张弓。本到两岁半的时候才会坐立,现在终于会走了,但走得也不是很稳。他很想学会双脚跳,却怎么也学不会。每次他想要跑的时候身体都是东倒西歪的,我看着很心疼。他"快步走"的时候,脑袋会歪向一边,看起来好像全身都在用力追上脑袋一样。我们出门的时候,如果去的地方他不熟悉,他就会爬着走。

本也有孤独症，他那个劲头一上来就完全不可理喻。他小时候只会把东西排成一条直线，要不就是把手举在眼前不停地摆弄指头。现在，他比以前好多了。如果说以前的他是"封闭在自己世界里"的那种孤独症孩子，那么现在的他就是"好动的、有点特别"的孤独症孩子。

本的感官问题很突出。对于他来说，外界的一切都太刺激了。他总是用手指堵着耳朵，现在说话比以前清楚，他常说的话就是"吵死了"，不管什么声音，在他听来都是"吵死了"。他还不喜欢穿衣服，不得不穿的话，就必须把标签剪掉。有时候，还没等穿衣服，他就能感觉到标签让他不舒服。这些年，妈妈尝试过各种各样的脱敏方法，本现在至少能摸一摸草和沙子了，甚至手上沾了颜料，他也能忍一会儿了。感官问题还是需要尽量干预的，因为人不可能一辈子都靠堵着耳朵生活。

本很难理解别人说的话，现在，他至少愿意听别人说话了。他会主动走过去找别人，轻轻拍着人家或者冲着人家唱"痞子阿姆"[①]。但是别人很难理解他，他说话又不太清楚，所以看起来非常滑稽，可我看着真是挺难过的。很多时候他都是稀里糊涂的。不过，他打游戏绝对是一把好手，好得不得了，比妈妈打得好多了——当然，比妈妈打得好也不是什么难事。

[①] 译注：源自美国说唱歌手 Eminem 发行的个人专辑 *The Slim Shady LP*，阿姆是他创造出来的一个角色，体现出他早期的人设和音乐风格。因其早期作品以批判和谩骂居多，他在公共场合也做过一些不雅动作，所以被冠上"痞子"的称号。

现在你认识我们一家人了，一家子大大小小，性格迥异。虽然有时候互相看对方不顺眼，也常常吵架，但是在一起也很开心。

有些话，大家常说，但其实并没什么道理，我觉得特别有意思。这种话叫作"俗话"。说到我家的情况，我脑子里一下子就冒出来两句，"厨子多了煮坏汤，木匠多了盖歪房"和"一人难挑千斤担，众人能移万座山"。我不打算在书里挨个解释这些是什么意思，在本书结尾会列出我提到的一些习语及其解释，这也是能吸引你看下去的好办法！因此，如果你觉得书里有些话看起来莫名其妙的，那就去本书后面查查。

阿斯伯格综合征和孤独症谱系

大概了解了我家的情况之后,你可能会觉得:"嗯,倒是挺有意思的,但还不至于专门写本书吧。"接下来我就详细跟你说说,我为什么要专门写本书。

我的一大特别之处就是我有阿斯伯格综合征(Asperger Syndrome, AS)①——在有些人眼里,这可能是残障,但在我眼里,这是天赋。我知道有关阿斯伯格综合征的书很多,而且其中还有不少就是阿斯伯格人士写的,但是我希望自己写自己,写自己的亲身经历、写自己的人生体验,以此来帮助别人更好地理解自己或者孩子。我只有13岁,所以我的视角可能和大人不一样。不过也不一定,也有可能没什么不一样。妈妈总说我是"13岁的人、30岁的心",这个意思是说她觉得我说话做事都比较老成。

虽然我只有十几岁,但我希望这本书能帮到各个年龄段的

---

① 编注:阿斯伯格综合征,指孤独症谱系障碍中智商正常或超常且典型症状较轻的孤独症。在英语国家中,人们常用 Aspie 来称呼阿斯伯格人士,在我国,人们常用 AS 人士/孩子来称呼他们,本书使用阿斯人士/孩子这一称呼。

人，不管是比我大的，还是比我小的；虽然我得的是阿斯伯格综合征，但我希望这本书能帮到身处孤独症谱系中的所有人，而不只是阿斯。孤独症谱系人士的状况虽然千差万别，但还是有很多相似之处，比如思维模式和认知方式。我很了解这一点，因为我的哥哥弟弟们就是如此。

我非常愿意帮助别人，尤其是帮助其他孤独症谱系孩子。如果你是我的同龄人，也在看这本书，我想告诉你的是：我知道，格格不入但又想拼命融入，那种滋味是多么痛苦。请接着看下去，我会尽我所能给你出谋划策。我知道，我是一个男生（这很明显，还用说嘛），我写东西肯定是从男生角度写的，不过，我相信男生女生之间会有很多相通的地方，所以，阿斯女生及其家长或者照顾者不要觉得这些东西就一定不适合你们。

接下来我会简要介绍一下什么是阿斯伯格综合征，不过不会太详细，因为这不是本书重点。阿斯伯格综合征属于孤独症谱系障碍。你就把谱系想象成一把大伞好了——伞下面站着好多人，所处位置各不相同。这种类比还挺形象的，不过也有一点偏差，那就是虽然同属谱系，但是有些人过得更加艰难。而现实中，你只要站在伞下，就不会挨淋。

俗话说，屋漏偏逢连夜雨。说到打伞，我就突然想起这句话。其实它跟孤独症没什么联系，我只是突然就想起来了，也可以说我是跳跃性思维。虽然同属谱系，但是每个人的情况又各不相同，到底有没有什么类比能准确地形容这种情况，我没

莎拉 绘

有把握,所以我不打算费劲再找什么类比了。

人们经常把阿斯伯格综合征形容成轻度孤独症,就我感觉,虽然整体来说,阿斯人士的优势大于弱势,但是在某些方面,症状肯定是不轻的。各位正在看书的阿斯人士,请想一想,有些时候,你觉得自己好像是从外星球来的,在那样煎熬的日子里,你还会觉得自己只是"轻度"的吗?

有些人也会把阿斯伯格综合征称作沟通障碍(Communication Disorder)。我觉得,就某些方面而言,这种说法还是比较准确的,尽管我们也能和别人沟通交流,但是好像不在一个"频道"上,我们想表达的和别人能理解的好像总是不一样。反过来也一样,别人说的话,我们理解起来也不是人家想表达的意思。在沟通互动的过程中，信息不知道怎么回事就扭曲了。

各位阿斯伯格读者，如果你觉得我这里说得不清楚，请原谅。我特别不喜欢别人这么说话，可我自己居然也这么做了，不过我是在写书！想象一下，这就好像是我们阿斯人士和普通人之间有条电话线，我们说的话沿着这条线传输，但是传着传着就全都搅和在一起乱了套。

很显然，不管是孤独症还是阿斯伯格综合征，都有所谓的三合一（triad）障碍。反正很多书里都是这么形容孤独症谱系障碍和阿斯伯格综合征的。我只是从我看的资料中了解了一些（当然也有一部分来自个人感受），三合一障碍就是沟通障碍、社交互动障碍和想象力障碍。除此之外，还有的人有重复刻板行为、强烈而狭窄的兴趣以及感官信息处理问题，不过不总是这样。妈妈告诉我，她好像在什么地方看过有人将其比作音响的均衡器，谱系人士在这些方面或多或少都有点问题，但是程度各不相同。我觉得这个类比特别好，不管是谁想出来的，我都要对此表示感谢！

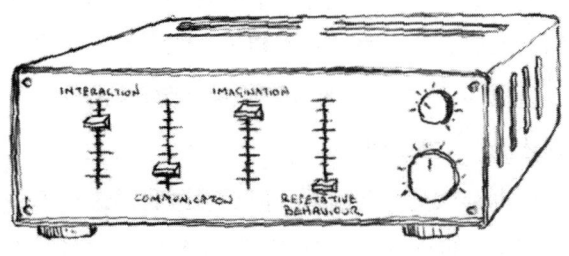

莎拉　绘

不同的人，在沟通、社交互动和想象力方面的障碍程度都不一样。有些重度孤独症人士可能完全不会说话，有些阿斯伯格综合征或者高功能孤独症人士可能就特别能说，但很难理解其他形式的沟通信息，比如面部表情和身体语言。我觉得这些东西可以学，也能学得差不多，不过我们看待事情的方式可能永远不会和大多数普通人一样。（我们也不想一样！）

我的说话特点很明显，总是咬文嚼字，语速很慢，也没什么抑扬顿挫。我家几个女生经常这样说我！还有人告诉我说，我在沟通方面有问题，因为有时候惹人烦了自己都不知道。我觉得这应该是真的。我喜欢和别人说与电脑有关的事，但我一般意识不到别人不想听。其实，倒也不是意识不到，只是我脑子里想着电脑的时候，就顾不上想别人爱不爱听了。

说到社交互动方面的表现，那差异就太大了。通常认为，不跟人对视或者很少跟人对视就是社交互动问题，不过我不同意这种说法。对于那些想要别人看他的人来说，缺少眼神交流才是个问题。

本有社交互动障碍，但是来我家的人都没发现，因为他很喜欢找人说话，跟人说话的时候也很放松。出去的时候，他会主动走到别人面前，一脸讨好的样子，或者站到人家跟前龇着牙笑，不停地问："你叫什么名字？"不管对方回答多少遍，他总是龇着牙笑，一遍遍地问。

约瑟夫也有社交互动问题，但显然跟我的表现不一样。他会主动找陌生人说话，把我家的大事小情跟人家抖落个遍，还会问人家很多有关个人隐私的问题。别人听完他说的那些肯定认为他很没教养,这一点我很清楚。前几天,我们在一家鞋店买鞋子,店员给我们量脚长,人家问了他一个问题,但他好像没听见一样。店员又问了一遍,他才说:"啊,对不起,我不知道你在跟我说话,因为你斗鸡眼太厉害了。"(倒也是事实)

我说这些的意思是,沟通和社交障碍的表现实在是因人而异,虽然同属谱系,但程度可能大不相同。阿斯人士常常觉得自己很难融入群体,也不太搞得清楚和别人在一起时自己应该做些什么。我们这里的孤独症团体创办了一个阿斯人士社交俱乐部,这太好笑了,因为"阿斯"和"社交"这两个词放在一起太违和了。有趣的是,虽然我们能力程度各不相同,但是兴趣爱好还挺一致的,所以我们在一起可以没完没了地说有关电脑的话题,大家谁也不嫌弃谁。这种找到组织的感觉还挺好的。因为我适应得不错,再加上我还挺聪明的——虽然我不愿意自吹自擂(仿佛听到我家那几个女生在窃笑)——所以我不知道如果我说生活有时候是如此艰难、如此煎熬,别人能不能理解,但我确实面临着很多困难,这些困难都是真实存在的。在俱乐部那种地方,周围人和自己差不多,自己的难处也有人懂,这种感觉真的挺放松的。

"重复刻板行为",不言自明——当然了,这种行为本身不会说话,我的意思是一看这个词就知道是什么意思。孤独症人士经常晃手,或者做一些别人看起来很奇怪的事情。其实这些事情会让他们感到舒服和放松,但似乎不被这个美好的世界接纳。我倒觉得这种行为其实有点像玩私处或者挖鼻孔（请原谅我这么直白），不过要做的话，不能在公共场合。当然了，如果是不由自主的行为，那就不一样了。就我个人而言，别人晃手也好，蹦来蹦去也好，我都不介意。有些东西就是为了达到所谓"表现正常"的要求，但也不一定非要做到，不过如果你确实很想表现得合群一点，那么努力去做也没什么坏处，只要别把这些当成负担就行，不用费劲地假装，也不用跟自己过不去。

这些问题会给人带来一些影响，不过对每个人的影响程度都不一样，不同的人应对这些困难的方式也不一样。我们不是克隆人，大家的性格、长相、言谈举止都不一样。有些人很擅长"假装正常"，有些人则不愿意这样。我尽量从中找到一种平衡，既努力做到合群、不显得过于突出，同时又接受改变不了的那部分——我终究还是和别人有点不一样的。我也不知道自己做得怎么样。

是标签，还是灯塔？

很多人都纠结过，如果自己在某些方面存在问题，那么要不要明确到底是什么问题、给这些问题取个名字（我的意思不是指鲍勃或者弗莱德这种名字）。我说"取个名字"，意思是正式地做个诊断，知道自己有阿斯伯格综合征或者孤独症，或者其他什么别的，而不是笼统地说这是合并复杂障碍或者广泛性发育障碍之类的。

很多医生，还有很多普通人也一样，好像都觉得一旦明确了这个诊断，这些障碍就变成了现实，以后就得照着这个诊断的样子过了。我猜很多人认为贴标签不是什么好事，因为那可能会让别人一听到"孤独症"这个词就不由自主地产生一些负面的联想。这些医生和治疗师可能是为了患儿利益着想，担心如果明确诊断某某综合征或者某某"障碍"的话，等这些孩子长大以后可能没有人愿意雇佣他们。

尽管医生这么做是出于好心，但我还是觉得这样做是不对的。如果有人找到了工作，但是行为举止很怪异，或者不能胜任某些工作，那不还是一样得背包走人嘛。(这种表达是不是很奇怪?)① 但如果别人知道这是因为某种障碍，可能就会帮助他去克服，也会理解这并不妨碍他做好自己的工作。《美国残疾人法》(*The Americans with Disability Acts*) 规定，雇主不能歧视残障人士。阿斯伯格综合征也属于残障的一种，尽管很多阿斯人士在许多方面都很有能力。(我斗胆把自己也归在这部分人里了!)

看到这里的各位，你们有谁被叫过"怪胎""怪人"，或者"书呆子"(反正就是类似这个意思的!)，举手给我看看。我敢肯定大部分阿斯孩子都被这么叫过，可能不止孩子，还有

---

① 译注：原文"get the sack"是习语，字面意思是"得到一个麻袋"，作者此处的意思是说阿斯孩子经常只能理解字面意思，所以可能会觉得这种表达对别人来说很奇怪。

大人。你们是不是从心里也觉得自己挺怪的？说到这里，我就想举起手来，大声地来一句"然也"（古语里"是"的意思）。

各位医生、治疗师以及所有的专业人士，这就是我们的感受，我们知道背后原因的时候就是这种感受。不明白怎么回事、没有明确诊断（或者被蒙在鼓里）的时候，我们的感受比你想象中的糟糕一万倍。

如果你接诊了一个孩子，发现诊断量表里有一两项没有达标，怀疑他有阿斯伯格综合征，那么为了这个孩子的健康，请一定要告诉他或者他的家长。不管怎么说，随着年龄的增长，我们对自己的了解也越来越多，也许很多症状就表现得不是那么明显了。

我记得托尼·阿特伍德博士的书里提到过，诊断既可以是标签也可以是灯塔。灯塔的作用是指引人们前进，如果隐瞒阿斯伯格综合征的诊断，就等于没有前进的方向，就不知道该怎么提供帮助。

这样太不公平了，对所有人都不公平。我觉得，一个没有得到明确诊断的孩子想要在学校里获得支持性资源是很难的。如果大家都知道这个孩子的问题在哪里，知道怎样才能更好地帮到他，那么他每天就会有更多的机会取得进步，这一点是肯定的。

很多人挣扎了一辈子，都没有明确诊断过自己到底属于什么情况。我还算幸运的，找到了问题的答案，这个问题也曾困扰着妈妈。（不过她没跟我说过！）没有人想要得什么综合征，也没有人想要告诉别人自己得了病，所以有时候就没有人去触及这个话题，甚至想都没想过。这真的不是什么好办法。确诊其实可以解开很多谜团，不过这也不是一件容易的事，不管是对医生还是对家长来说，都不容易。那么，人们怎么确定到底是什么问题呢？这些问题的表现实在太复杂了，没有什么量表能把所有的东西都概括其中，如果医生或者治疗师够水平的话，肯定是能意识到这一点的。

如果孩子的年龄稍微大一点，那么他们心里肯定很清楚自己和别人不太一样，医生更应该认真倾听他们的心声。如果家长告诉医生，他们觉得自己的孩子有阿斯伯格综合征或者孤独症，那也一定是有原因的。天下可没有哪个父母会希望孩子有问题。

当然了，很多人没有听说过阿斯伯格综合征，所以可能也确定不了自己的孩子有没有这方面的问题。尽管现在互联网比以前普及得多，但还是有人上不了网，也有人不怎么看书。那么问题就来了：如果医生不是特别清楚如何诊断阿斯伯格综合征，家长或者孩子本人又压根就没听说过这个病，大家最后只能大眼瞪小眼，纳闷为什么孩子或者自己会有这么多的问题。怎么解决这个问题呢？医生需要多学习这方面的知识，同时多听听我们这些人的说法，毕竟整天与这个病打交道的人是我们。

我觉得这就出现了《第二十二条军规》里的窘境①——如

---

① 译注：《第二十二条军规》（Catch-22），美国作家约瑟夫·海勒的长篇小说。根据第二十二条军规，只有疯子才能免除飞行任务，但必须由本人提出申请，而能提出此申请的人必然没疯，所以还得执行飞行任务，所以该军规形同虚设。

果大家普遍不能理解或者接受人生而不同,那么阿斯人士可能就不太愿意告诉别人自己有阿斯伯格综合征,因为担心被人看作怪胎。不告诉别人,别人就不知道,就越发觉得这个人是怪胎。谁都不愿意让别人觉得自己好像个传染源似的。因此,他们对这些事情一直避而不谈。如果周围有人有残障,尤其那种不是一眼就能看得出来的残障,大家总是会表现得很紧张,很不安。最终,残障人士学会了保持沉默、艰难挣扎,而医生和其他人什么都没学会——生活就这样继续!

这就颇有点像《星际迷航:航海家号》最后一集的情节:来自未来的珍妮薇舰长穿越回去,想从博格人手里救出以前的自己,到最后却反被博格女王同化了。这段情节有点绕——来自未来的珍妮薇舰长先是长大成人,之后穿越回去,然后从博格人手里救出以前的自己,再然后自己却被同化,这么演的话,这个剧情发展就陷入无限循环了。

我还是相信,有些人可以有所作为,他们能够打破这个沉默的闭环,改变这种互不了解的状态,谈论阿斯人士内心真正的想法,让别人,尤其是让医生明白,并没有什么精心设定的条条框框能把我们严丝合缝地套进去。在我看来,这也是一种刻板思维,医生也有刻板思维!

现在也有一些专业人士——托尼·阿特伍德博士就是其中之一——他们花费了大量的时间和精力去学习,并且写了很多有关阿斯伯格的书,致力于向大众宣传和科普。另外,还有一些阿斯伯格成年人也写书介绍自己的个人经历,利亚娜·霍利迪·维利就是其中之一。她的经历有助于那些没有确诊的成年人更好地了解自己。还有个孩子,叫肯尼斯·霍尔,也写了一本书来讲述自己的阿斯伯格生活,他写这本书的时候只有10岁。我希望我的书能帮助家长和专业人员更好地了解阿斯人士,还能帮助所有的阿斯伯格孩子更好地了解自己。

随着年龄逐渐增长,人们往往学会了伪装自己、掩盖问题,以期融入这个世界。"没有人是一座孤岛",这句话是谁说的来着?我明白这句话是在陈述一个显而易见的事实,当然了,没有人是一座孤岛,不过这也意味着,人只要活着就不可能完全不受规则的约束,也不可能完全脱离于这个社会。其实,我觉得要找人写一本书来介绍阿斯人士的所思所想,我可能并不是最佳人选,因为我的很多阿斯特质已经被磨平了。不过,青春期这个话题让我又重新考虑了一下,而且我觉得,要说我的阿斯特质已经没有了,妈妈还有家里其他孩子应该是不会认同的!对此我没有太多想说的,因为我就是我,我就是这个样子的。

对于那些已经确诊阿斯伯格综合征的孩子的家长,我能给出的最好建议就是:接纳他们本来的样子,仅此而已。先入为主从来就不是什么好事。确诊孤独症谱系障碍,又不是上了死亡黑名单——既不是判了死刑,也不是得了绝症,不过就是一个说明孩子终生行为特质的名词而已。你和孩子的生活可能会走上一条跟预期有点不一样的道路,但是这条路同样有意义,而且说不定更引人入胜、更给人启迪。多阅读和学习阿斯这方面的知识是好事（否则我就不会费这个劲写本书了），不过不要觉得对那些行为一旦下了定义，孩子就和以前不一样了。不管是否确诊，不管贴了什么标签，你的孩子没有变，他还是原来的那个孩子。

是公开，还是隐瞒？

告诉孩子真相

很多家长都觉得难以开口跟孩子说他们有阿斯伯格综合征（或者其他什么病）。我猜原因有很多，有些家长可能觉得不告诉孩子是为了他们好，还有的家长可能只是没找到合适的机会告诉孩子，也许他们一直都在等待时机。但是，不管怎么说，我个人认为还是应该告诉孩子，而且越早越好。相信我，没错的！

我知道我前面已经说过了，但是我觉得这一点怎么强调都不为过。各位医生以及可以给出诊断的专业人士，这就是为什么我说没有明确诊断会导致严重后果的原因。请不要觉得我是在这大言不惭、班门弄斧，我只是说出我的心里话而已。你可能是这么想的，虽然有很多阿斯伯格的特质，但是并不完全符合量表指标，那么你告诉他们说他们没有阿斯伯格综合征，这也是为了他们好。但事实是，没有确诊并不代表他们就没有阿斯伯格综合征。这样只会让他们更加困惑，让周围的人觉得他们越发"怪异",甚至他们自己也会这么认为。

要是医生或专业人士没有给出明确诊断的话,家长就不太可能跟孩子说他们有阿斯伯格综合征。问诊之前,这一家人肯定已经很担心、很焦虑了,让他们担心焦虑的,从来都不是你的一纸诊断。确诊以后,他们会觉得松了一口气,不是因为问题得到了确认,而是因为他们终于知道了问题到底出在哪里,以及应该如何面对。因此,请你一定要明白:阿斯伯格人士的表现各不相同,能够认识到这一点的医生实在少之又少,希望你能成为其中之一。如果你能关注到这一点,我将不胜感激!

有些人知道得比较晚,我就是其中之一,要不是我又多了一个孤独症弟弟,妈妈可能还是下不了决心告诉我。我猜很多人的经历跟我差不多。我认识很多这样的家庭,家里都有个阿斯伯格孩子,后来又有了一个更严重的孤独症孩子。我就是这么知道我有阿斯伯格综合征的,说实话,以这种方式知道其实真不怎么好。不过——结局不错,那一切就都还不错!(不好意思这话有点老套!)

 焦虑的岁月

有一天,我们去一家茶吧喝茶——我真的不喜欢这个词的发音——有一些象声词确实很酷,"吧"这个词听起来应该也是,但其实不是!

茶吧外面有一片儿童游乐区,里面有一些攀爬架、滑梯之类的东西。地上铺着一些刨花,万一有孩子摔倒,可以起缓冲作用。我其实特别不喜欢这些刨花,弄得到处都是。我也不太喜欢这种地方,但是大人常常要求我"去玩吧",所以我就得想办法给自己找点事做,同时也能让妈妈高兴。这一点——阿斯伯格孩子们——还是能做到的!当然,我现在是个十几岁的大孩子了,所以我只要站在那里摆酷就行了。我也不确定这么做会怎么样,但是总比爬上爬下把自己弄得邋里邋遢的好多了。

妈妈让蕾切尔带着本去玩,不过本那个时候根本就不会玩。他不会走路,大部分时候都在叽叽咯咯地笑个不停,笑得上气不接下气的。他那会儿已经能坐着了,蕾切尔就把他放在刨花上,他坐在那里捡刨花,然后把它们堆成一堆。他完全没注意到有小朋友在他周围跑来跑去,实际上,不管是什么,他都注意不到。这个时候蕾切尔走过来,走到妈妈身边,冷不丁地说:"你知道本有孤独症吗?"妈妈回了句:"谢谢你,杰克逊医生。"之后就没再搭理她。但是,我却把这事放在了心上,我问蕾切尔为什么这么问,她说她很久以前在儿童发展中心的墙上看见过一张海报,那上面写了"孤独症是……",还列举了好多表现。本,全中,一条都没落下。

后来本长大了一些,整天把盒子里的东西拿出来又放进去,把所有东西都摆成一条线,不仅如此,他还总是莫名其妙地拿着一本中国菜谱。所有人,包括我自己在内,都开始或明或暗地把他和我联系了起来。当然了,他不会说话,也不会走路，而我都会，但是尽管如此，我们俩的相同点实在太多了。那段时间过得挺不舒服的，对我来说是这样，对家里其他人来说可能也是，因为看着本的一举一动，就好像看我从小到大的回放一样，只不过本比我表现得更明显。但是，依然没有人站出来说什么！

从那时起，我就开始怀疑自己有什么地方不对劲了。我小时候和本实在太像了。不过，有一点挺让人困惑的。不管是小时候还是现在，我对自己的事情都很清楚，我长到该说话的时候也能把话说得很清楚，而且我肯定从来都没叽叽咯咯笑得上气不接下气的——但我确实总是尖叫！对我来说，那段日子真的很煎熬，过得也很混沌，说真的，我都怀疑我是不是快疯了。

教育心理学家朱莉娅·利奇给本做了评估，后来妈妈告诉我，朱莉娅当时这样跟她说的，让我自己一个人胡思乱想，纳闷自己为什么跟本这么像——何止是像啊，这话说得还真保守——这对我是不公平的！真是万幸，太感谢朱莉娅了！

就我拙见，家长如果不确定什么时候告诉孩子确诊情况合适，那就现在、立刻、马上！

我第一次知道我有阿斯伯格综合征，是在看了《卫报》上面的一篇文章之后，那篇文章是朱莉娅拿给妈妈让她给我看的。文章是关于阿斯伯格综合征的，还讲了人们推测爱因斯坦应该也有阿斯伯格综合征，除此之外，还提到很多非常成功的阿斯人士，其中之一就是微软总裁比尔·盖茨。尽管这些人没有正式确诊,但他们被认为具有阿斯特质。那篇文章里还有一个自检表,列出了一些行为,人们普遍认为这些行为就是阿斯伯格综合征的典型表现。

我看到那篇文章的时候是 12 岁。妈妈好像不经意似的随手把报纸丢在了我面前,她知道我会看,因为我喜欢看带字的东西,有字就看、是字就看。看完那篇文章的时候,我的第一反应就是松了一口气,有种如释重负的感觉。自检表上的所有"症状"我都有。我看了一遍又一遍,之后问妈妈:"你觉得我有没有可能有阿斯伯格综合征?"她的回答很干脆:"嗯,你有。"我得承认我当时心里想的是:"唉,真是谢谢你能告诉我。"非常肯定的是,那种释然的感觉比烦恼的感觉要强烈得多(至少当时是这样的)。

我终于知道为什么别人认为我很怪异了,不仅仅是因为我笨手笨脚或者呆头呆脑。我一下子就释然了,那些如影随形的唠叨(不是妈妈的)戛然而止了。我终于明白为什么我总感觉自己和别人不一样了,总感觉自己是个怪人,总是与周围格格不入。比这更好的是,我明白这一切不是我的错。我想马上跑出去告诉全世界。我想冲到大街上对着大家喊:"你们看看我,我有阿斯伯格综合征,我不是怪胎。"不过和平时一样,理智还是占了上风——我要是那么做了,会有几大坏处。第一,我会摊上大事的!冲到大街上去,这是万万不能做的。第二,那时候我穿的是睡衣,所以我会着凉的。第三,大街上的人根本都不认识我,他们不可能知道我曾经是个"怪胎"。

提到这个,我想多说两句。很多不知道我有阿斯伯格的人都说我是个怪胎。再仔细想想,很多知道我有阿斯伯格的人也这么叫过我!我猜可能是因为我跟一般孩子确实不一样吧。我喜欢把自己看作"人类新型改良品种"(各位正在看书的阿斯人士,这是个极大的表扬!),但是我觉得绝大部分人对此并不认同。估计有些人可能甚至觉得恰恰相反——他们会说我在某些方面是有缺陷的。顺便解释一句,所谓"怪胎",指的是和大家言行举止、行为表现都不一样的人,牛津词典里是这么解释的:

1. 外表不正常的人或者东西;
2. 不寻常或者不规律的事情;
3. 穿着打扮很怪异的人;
4. 情绪异常亢奋的人,比如吸毒者。

好吧,这些解释都是可以探讨的,不是吗?到底什么是正常、寻常,或者什么是规律?我觉得归根结底其实就是少数服从多数了。上面第四个释义挺诡异的,不过,孤独症人士真的会对一些东西上瘾。

我知道我有点唠叨了,但我还是要强调这一点。我是在确诊之后五年多才"发现"自己有阿斯伯格综合征,这让我很是烦恼,这一点我强调了很多次,怎么强调都不过分,所以,对于家长来说,这一章非常重要。我一直都知道自己跟别人不太一样,所以要是妈妈早点告诉我,其实可以让我少遭那么多年的罪。我问过妈妈为什么那么长时间都没告诉我,她说她担心我会去找这方面的东西来看，看完以后就会刻意去学，本来有些症状可能没有，看完反倒有了。我觉得这种想法实在太蠢了！我真怀疑她是不是还想过我长大以后就能好了呢。

得知自己有阿斯伯格综合征之后，有几个问题一直萦绕在我脑海里，这些问题，你看到这里的时候可能正好也想到了。第一个问题是我想要证据。去哪里能做个血检？是谁判断我有阿斯伯格的，他们是怎么判断的？这个问题的答案是：血检也好，大脑扫描也好，没有什么检查能证明你究竟有没有阿斯伯格综合征。这些检查倒也可以做一做，查查自己有没有什么别的问题，但是基本上从这些检查里看不出什么东西。

如果已经确诊了，那么医生、语言治疗师或者心理专家很可能已经给你做过各种各样的检查，向你的老师、同学还有家人问过各种问题，以确认你是不是思维方式跟别人不一样，为什么不一样。有时候，可能你自己就能够判断自己有阿斯伯格综合征，但是医生和专业人士不一定能判断出来。我在前面解释过为什么会这样。重要的是，你知道自己跟别人不一样，也接纳自己跟别人不一样。毕竟，自己最了解自己。

我想知道的第二个问题是这个病能不能治愈。可能你不太喜欢这个问题的答案，但是很抱歉，我还是要告诉你，不能，肯定不能。有些人已经学着接纳自己的不同，对于这些人来说，不能治愈倒是件好事，因为治愈就意味着要去掉他们性格当中的一部分特质，还有一些很酷的地方。

我们四兄弟都在控制饮食。这倒不是为了治疗阿斯伯格综合征或者孤独症,而是对于我们还有很多人来说,这种饮食对某些不好的方面确实会有一些帮助。针对阿斯伯格综合征和孤独症的疗法有很多,不同的疗法对不同的人群有不同的疗效。

肯尼斯·霍尔写了一本书,名字叫《阿斯伯格综合征、宇宙和世间万物》(Asperger Syndrome, the Universe and Everything),书中多次提到了应用行为分析(Applied Behavior Analysis,ABA)。ABA是一种干预方法,它的理念是做出积极行为就可以获得奖励,奖励就会强化这种行为。这种方法对我没什么用,但是对肯尼斯和其他有些人就有用。我想强调的是,现在确实有很多的疗法,有些疗法适合这个人,有些疗法适合那个人,不能一概而论。我们尝试这些疗法,并不是为了治愈,而是为了让自己活得不那么艰难。

有些孩子在得知真相以后可能会经历一个充满不解、困惑、愤怒、难过的阶段,但我仍然觉得这不是瞒着他们的理由。各位家长,你们这样做不是在保护孩子,因为不管什么时候,感觉自己像个"怪胎"都是一种挺糟糕的感受,但是比这更糟糕的是搞不清楚这一切到底是为什么。

我不知道大家会不会觉得我一个小屁孩没资格对别人怎么养孩子指手画脚(尽管有人说过——我记不清是谁了——最了解阿斯伯格综合征的人就是阿斯人士自己),但是如果我可以提个什么建议的话,我想说:让孩子早一点知道自己和别人不一样、为什么不一样,并且接受这个事实,这样教育孩子要好得多。如果谈起这件事情的时候可以放松和随意一点,那么孩子自己就会接受，阿斯伯格综合征也好，其他问题也好，都是自己的一部分，自己是独一无二的。

如果带着孩子去看诊，或者在别人面前说起来的时候，家长总是窃窃私语的，却什么都不告诉孩子，那就是剥夺了孩子对自身情况的知情权。做评估的时候也是一个可以告诉孩子他们有阿斯伯格综合征的很好的机会。像我们这样有点特殊的孩子，早已习惯了做各种检查，回答各种问题，而且因为我们也不怎么跟人交往，所以基本意识不到不是每个孩子都会经历这些。这样实在太不公平了！因此，对于这个问题，我的结论是：一定不要瞒着孩子！

告诉别人吗？什么时候说？怎么说？

写这一部分的时候我本来想用个抓眼球的标题，但是现在你们也看到了，我没想出来。不过，我还真想到一个，就是"出柜"。这个念头让我笑得不行，因为这个词是人们坦白自己是同性恋的时候用的。不过，这个说法确实挺搞笑的。不管怎么说，要是人真的被关在柜子里，谁能自然而然地联想到他是同性恋呢。在某种程度上，同性恋人士肯定也有和阿斯人士一样的困扰，因为都是要跟别人说自己有点不一样。

到底要告诉谁自己有阿斯伯格综合征呢，要确定这个名单，还真不是一件容易的事。我的意思是，你能想出来应该怎么开始这个话题吗？"嗨，亲，我叫卢克，我有阿斯伯格综合

蕾切尔 绘

征。"不知道为什么,我觉得人家的反应很可能是"落荒而逃"。(你们不是挺喜欢巨蟒剧团①的嘛?!)我知道有些人会说,要是听说这样一件事就能被吓跑,那这样的人也不配知道。不过这确实不是那么容易接受的,尤其如果你要告诉的对象是个异性,而且还是你的"理想型"的时候,那就更难。我觉得如果对方已经对你很熟悉、很接纳,那么就比较容易开这个口。

---

① 译注:巨蟒剧团(Monty Python),又译蒙提·派森,是英国六人喜剧团体,尤其擅于用荒诞不经的方式来表现各种社会禁忌、挑战不合理的现状,以及打破人们的刻板印象,风格非常颠覆,因此被称为喜剧界的披头士。作者说"你们不是挺喜欢巨蟒剧团的嘛?!"意在讽刺有些人"叶公好龙"。

当然了，我是站在我这个年龄段的角度来说的（我就是有这个本事，净说实话），可能不适用于其他年龄段的人。

有些人一旦得知你有阿斯伯格综合征就态度大变，这样的人不值得我们浪费精力，但是有时候这样说也不太现实，因为你可能就是不得不和这样的人待在一起，不管你喜不喜欢。老师就是一个最好的例子。从某种程度上来说，老师需要知道某个孩子在某些方面有问题，毕竟不知道的话就无从帮起，在幼儿园或者小学尤其如此。我觉得等到了中学就不一样了。老师也是人——是人就有好坏之分（实际上，有些人甚至好像是纯粹的虐待狂）——让所有人都第一时间就知道你有问题，这也许不是什么好事。有些老师就是很恶心，只要一有机会，他们就会第一时间跳出来取笑别人。

这个时候情况就会变得很棘手！阿斯伯格综合征的核心问题就是不能解读别人的想法、感受或者动机——不能站在别人的角度换位思考。(如果你见过我的某些老师，你肯定也不想和他们换位思考，真的——我呸！) 因为这个问题，我们确实很难搞清楚到底谁是真正愿意并且能够帮到我们的，谁是来给我们雪上加霜的，哪些雪上加霜是故意的，哪些不是故意的。我根本就搞不清楚这些，所以一般来说我都是保持沉默，希望妈妈帮我把这些事情理顺。毕竟我才 13 岁，随着年龄增长，这方面可能会有所长进。

有些人天生就是"活动家"，他们第一时间就能告诉别人自己有阿斯伯格综合征并且为此感到骄傲，这一点跟有些同性恋人士也很相似。这样的人其实是可以改变世界的人,他们为弱势群体争取权益,很多人都应该感谢他们。

我觉得我也是做了自己力所能及的部分,我写书讲述自己的经历就是希望能帮助别人,能给别人带来一些启示。通过写书这种方式,我至少可以筛选告诉谁,不告诉谁。而选择站出去面对所有人,把这些事情公之于众,我觉得这样的人非常勇敢,因为很多人可能并不想知道,甚至知道以后还会对你口诛笔伐,这就是我们与众不同的地方。我的风格和想法是,尽自己的努力融入大家,但是如果人家就是不喜欢我这个人,那就随便,喜欢也好、容忍也好,都没有必要解释什么。

但如果对方是老师的话,还是有点不一样。一般来说,大部分老师意识到我和其他孩子不一样的时候,都是比较努力去理解我的。在大多数学校里,老师们终归会知道的。总会有那么一个时间点,让我不得不"浮出水面",很明显的一个例子就是体育课的时候,因为有些活动动作对我来说很难,所以我没法继续"潜伏"下去。这种情况下,让老师了解为什么有些事对我来说特别难就非常重要了,尽管有些老师根本就不会往心里去。

随着年龄逐渐增长,像我这么大的孩子越来越有个性,或者假装越来越有个性。至少我肯定是不会去玩那种傻乎乎的攻山头争地盘的游戏①,反正只要是小孩子玩的那种假扮游戏,

---

① 译注:原文"game of cowboys and Indians",指牛仔和印第安人游戏,是一种两组对抗的传统户外游戏。

我都不玩。我一直都觉得那种游戏特别无厘头。我现在发现，有时候也能碰上和自己爱好差不多的人，不过这种体验不太多。能有人和你在一起，还能谈得来，感觉还挺好的。请不要误会，我其实一直都是独来独往的，也根本不介意自己一个人待着，不过有个朋友也不错。如果你有这样的朋友，请努力维系这份友情。我在学校从来都没跟别人聊过天，也从来没想聊过，这么多年也都过来了，不过，我现在有了个朋友，感觉也挺有意思的。但是，问题又来了——要不要告诉朋友我有阿斯伯格综合征？我不希望别人对我先入为主、妄加评判，也不喜欢刚认识就把我当成病人来对待。另外，小孩子会觉得那些有关阿斯伯格综合征的知识和细节很没意思（当然了，阿斯孩子除外）。

　　我的建议是先等等看，如果他们表示"你有点怪"——当然，如果真是朋友，就会以友好的方式来表示——如果他们问为什么你的为人处事、行为举止都跟别人有点不一样，这个时候也许可以跟他们说，你的思维方式确实有点不一样，不太喜欢人多，也不怎么喜欢体育、游戏或者噪音，等等。我是这么说的：我的大脑和别人不太一样，这个意思是，有些方面我确实很厉害，但有些方面确实不太行。如果他们真的是朋友，那就应该可以接受这些，如果你不当回事，他们也不会当回事。一般来说，小孩子不会像大人似的把这种事当成什么了不得的大事。他们的家长倒是可能会担心阿斯伯格综合征会不会传染——正好这里说一句，不会传染！接下来做自己就好了，不用每次聊天都要提阿斯伯格。对你来说，这可能是个大事，但是大多数孩子是不会理解到这一点的。如果你的朋友是年龄大一点的人，我想他会愿意了解你的难处，并且想要尽力帮你克服。

我发现妈妈会选择那些她觉得愿意并且能够支持我的人聊与阿斯伯格相关的事情，这样做确实很有帮助。但有些大人觉得谈论这些很难堪，不是很奇怪吗？我从来都看不出来谁难堪，谁不难堪，经常搞错——但是啊，那是他们的问题。不过，我不想没来由地让人家不舒服，因为那就等于没有接纳人家本来的样子。这种事情是相互的，如果你希望别人接纳你本来的样子，你就得接纳人家本来的样子，不管人家看起来有多怪。

对于阿斯人士，尤其是阿斯孩子来说，这种东西确实很难理解。我这么说的意思不是指我有多厉害，好像在显示优越感似的。我只是想说，现实中，我们真的很难搞清楚跟谁能开诚布公地聊这些，跟谁不能。我发现，当我开始谈到阿斯伯格综合征的时候，有些人会垂下眼睛，或者瞄向别处，有时候还会有点脸红，或者干脆转移话题，马上就说别的去了。如果发现对方是这样的反应，我就会心领神会，不再继续说下去了。当然了，也有些时候，这种反应可能还有其他的意思，比如脸红常常只是因为比较热而已。

家长也好，专业人士也好，请帮阿斯孩子承担到底要告诉谁、不告诉谁这个责任。等他们长大以后，碰到类似这种事情的时候多着呢，那时候再由他们自己来承担吧。

痴迷和执着

特殊兴趣

很多阿斯人士都有比较"痴迷"的东西，或者特别喜欢聊的话题，或应该叫非常擅长的领域，我倾向于用后者来表达。这种表现被看作阿斯的一大特点。不过这是因人而异的，我敢说有些人可能根本就没有什么特别喜欢的东西。人嘛，当然是形形色色、各不相同了，这是肯定的。

我知道有些阿斯人士的兴趣在别人看起来确实有点奇怪，但是我也知道有相当一部分阿斯人士的兴趣就是普普通通的，跟大家都差不多。媒体总爱把我们刻画成这么一种形象：动不动就背火车时刻表，没完没了地说日历、讲新闻、聊电脑（尽管我确实爱说这个）什么的。实际上，这对我们很不公平。平时大家说我们是怪胎或者书呆子诸如此类的，说得已经够多的了！

我跟妈妈还有家里其他孩子聊过这个，发现阿斯人士和非阿斯人士在兴趣方面好像确实有区别，这个区别在于痴迷的程度。我说的只代表我自己的情况，如果我说我的脑海被什么东西占据了，或者说我对什么着迷了，那么这个意思就是说确确实实地被占满了、被迷住了，这时候，对其他什么东西我都不太在意了。我猜这种表现应该会让人觉得比较自私吧，我尽量在考虑别人了，但是有时候真的很难做到。当我痴迷于自己喜欢的东西，恐龙（小时候的事，我得赶紧加一句），宝可梦[①]、PS 游戏、电脑——电脑一直都是令我着迷的东西——不管是什么东西，我都会觉得无法遏制地兴奋，那种感觉无法形容。这种时候我就必须要说这个话题，谁要是不让我说，我就会很生气，然后很容易就大发脾气。现在我把这件事情写了下来，我发现那种表现不管是看起来还是听起来都很傻，但是我当时就是那个样子的。

有时候，应该是大多数时候，我满脑子想的都是电脑，根本就没工夫想自己或者别人。这些让我痴迷的东西——我用"痴迷"这个词是有原因的——会不知不觉地潜入我的脑海，就像小偷半夜悄悄钻进家里一样。上一秒我还对某个话题饶有兴致，下一秒大脑就好像被什么军团神不知鬼不觉地控制了，他们在整齐划一地走，把我平时的那些想法都赶跑了，只剩下与电脑相关的。

因为我就是这个样子的，所以我想象不出来自己跟别人有

[①] 译注：宝可梦（Pokémon），又译精灵宝可梦、口袋妖怪、宠物小精灵、神奇宝贝等，是由 Game Freak 和 Creatures 株式会社开发，任天堂发行的系列游戏。

什么不一样,也就很难意识到我说这个话题说得太多了。告诉你吧,每天都有人提醒我无数遍这个问题。我家三姐妹总是频繁地说"卢克,你可真是个怪人"。我猜可能就是因为这个吧。显然,我说了太多与电脑相关的话题。我真的很喜欢电脑,但是我不想称其为"令我痴迷的东西"。不过,我猜要是有人打算分析我,他们会说一定是因为我的脑袋里除了电脑没别的,所以说起话来也全是电脑没别的。

我的电脑是笔记本,康柏自由人系列,Windows XP 系统,朗讯 V9.0、56K 调制解调器,奔腾处理器。网络用的是宽带互联网连接,网速非常快。家里的女生有一台电脑,在二楼缓步台那里(不过没有联网)。她们的电脑连着一台惠普 DeskJet 660 彩色打印机,还有一台爱克发 Snap Scan1212 扫描仪。楼下的主机连着的是爱普生 Stylus C4OS 打印机和帕卡德·贝尔 1200 扫描仪。[①] 妈妈才买了这些东西不长时间,因为它们还泛着"漂亮的金属蓝"——我这么写的时候带着点瞧不起的意味。

这段时间我真的很喜欢给电脑换各种离线桌面主题。我经常琢磨,背景应该用什么样式,任务栏和消息框用什么配色方案。我知道,因为我总是换主题,搞得妈妈很崩溃。谁说阿斯人士不喜欢变化的?要是换主题不会引起那么多纠纷的话,我会几个小时换一次!

---

① 译注:作者在这里讲品牌型号讲得如此详细,是因为这就是阿斯孩子的特质,对事实性材料和数据等比较关注。

人们一听到"痴迷"这个词，就会不由自主地想到负面的、不好的东西。因此，我更喜欢用"喜欢的事情或者话题"这种词。如果这种"痴迷"引导得当的话，就可以善加利用。例如，如果喜欢电脑，那么可能就会觉得用电脑学习比手写或者看书容易多了。而且，将来长大以后还可以找找这方面的工作，希望还是很大的。不管痴迷的是火车还是建筑，是电脑还是电线（虽然比较危险，但我得承认我有段时间确实很迷这个），小孩也好、大人也好，我们都没有理由断定他们不能通过这个去学习新东西或者利用这方面的知识去做事。

从某种程度上说，专注是件好事。我的这种专注就让我学到了很多电脑方面的东西，等我长大以后，肯定要找这方面的工作。我真的很想给一些专业公司做编程或者做网站，我觉得这两种工作我都能做。我有个朋友，名叫赛斯，也有阿斯伯格综合征。他很懂电脑。我猜他也是痴迷于电脑，他就把这种"痴迷"利用得很好。他帮很多人摆弄电脑。不管谁有技术问题，肯定都会找他求助。他帮助了很多人，我相信，别人需要自己而自己又确实能帮到别人这种感觉肯定很好。赛斯来我家的时候，教过我很多电脑内部组装方面的东西。这一点挺奇怪的，因为他跟我一样，也有运动障碍。这就意味着他在动作协调方面是有困难的。好像很多阿斯人士或多或少都有这方面的问题。尽管赛斯也有这方面的困难，但是他摆弄电脑里面的那些小零件完全没有问题。他亲口告诉我，要是不小心碰到电路板上的触点，说不定电脑整个就爆了——不过不是"爆炸"

那个"爆"的意思！他能做这些，可能是因为我们只是大运动技能问题比较多，精细运动技能问题没那么多。大运动技能指的是胳膊、腿这种大肌肉群的运动技能，不是说这些运动技能大。

我不了解赛斯或者其他人怎么样，我自己的精细运动技能是有问题的，我写字很困难，写字就属于精细运动技能（如果你看到我写的字，肯定不会说"写得精细"）。这就充分说明了，要是一个人对某件事情很感兴趣的话，克服困难或者找到应对办法就会容易得多。

尽管有人说孤独症谱系人士不喜欢变化，但是这不完全正确，因为很多人痴迷的东西也会发生变化。有些兴趣爱好持续的时间比较长，有些比较短，但是这些兴趣之后要么被新的兴趣取代了，要么跟新的兴趣融合了，我觉得大部分家长和阿斯或者孤独症孩子都会同意我这个观点。小伙伴们，我要问你们个问题。

问：什么情况下，"痴迷"不叫"痴迷"？
答：痴迷足球不叫"痴迷"。

多不公平啊！很多男人或者男孩，吃饭的时候说的是足球，睡觉的时候梦的也是足球，喘气都是因为足球，我们这个社会好像就能完全接受，而且大家好像觉得要是有人不这样，那就算不上是男的。这种想法太愚蠢了！

女生就比较幸运了，可以不被这股足球风卷进去，但是我发现，十几岁的女孩好像没有不知道排行榜的，上榜的都有哪些歌、唱的都是什么、谁唱的、谁最火，所以，我猜那些对这种东西不感兴趣的阿斯女生（或者不是阿斯也一样）可能跟我这种非足球迷面对的困境也差不多。有些常见的舞蹈动作，这个年纪的孩子都会两下子，但我觉得这对动作不协调的阿斯女生来说可能就有点难。我家那些女生一练起舞蹈来就是几个小时，动作特别复杂，让人眼花缭乱，我看着她们，简直庆幸自己是个男生。我肯定做不来，我也不想做。不过，对于阿斯女生来说，虽然道阻且长，但尽头还是有点光明的，因为等到十五六岁或者更大的年纪，就不用做这些复杂的舞蹈动作了，取而代之的是扭腰摆臀，尽量让自己看起来更性感一点。这么说的话，是不是还挺有盼头的？

我敢肯定，要是家长跟医生说自家孩子说起足球就没完没了，医生准会哈哈大笑，然后告诉他们这种表现简直再正常不过了。家长的意思是好像我们所有人都必须一模一样似的。世界就不是这个样子的，这个道理怎么就没人明白呢？实际上，要是所有人一天到晚都讲有关电脑的话题，我会非常高兴，不过我不会要求大家都这样，但我讲起来的时候别人却立马要求我闭嘴。

掌机游戏和电脑游戏

现在这个时代，对于绝大部分人，尤其是对于大人来说，游戏好像已经不算是一种特殊兴趣了，但是对于我们这样的孩子来说，绝对算。很多阿斯小孩，还有青少年，痴迷的东西好像都差不多，这种现象还真挺奇怪的。年龄小一点的孤独症孩子好像很迷托马斯小火车，大一点的阿斯孩子好像很迷宝可梦、战锤游戏和人物，还有 PS 游戏机和任天堂的游戏机，反正总体来说，就是对电脑那些东西都很迷。我的意思不是说，这种现象是阿斯孩子群体特有的，但我们这个群体确实比较容易过度沉迷，彻底迷失其中（在别人眼里是这样的）。

妈妈说，要是某件事情占据了你的生活，已经到了一个不可理喻的地步，那么这就是成瘾了、过分了。如果这件事情支配了你的思想和行为，导致生活中其他所有事情都受到了影响，到了这个地步，就应该想办法调整自己的行为，努力"戒断"了。说实话，我沉迷掌机游戏就是这个样子。看书的各位，有没有和我一样，掌机游戏玩起来就没完没了，因为这个总惹麻烦的？我知道，妈妈肯定很想知道我为什么会这样，她为此都快崩溃了。所以，妈妈，下面说的请你注意看！我喜欢掌机游戏，是因为它跟电视不一样。看电视的时候，你就傻坐在那里，看别人的生活，也不知道为什么要看，有些情节还总是来来回回地重复，可是掌机游戏就不一样了，你可以控制里面的人物，还有很多不同的玩法。生活本来就够不可控的了，可能对于大多数人来说都是这种感觉，所以如果能躲到自己可以控制的那一方天地里，感觉应该挺好的。

现实生活有时候实在是太难搞明白了，而电视就好像是现实生活的延伸。现实生活中，得与人互动，得察言观色，还得琢磨字里行间的意思，电视里的内容和现实生活里的差不多，好不容易有点闲暇时间，我可不想再干这些——这种事不看电视的时候我已经干够了！玩掌机游戏的时候，玩家需要调动自己的逻辑思维和推理能力，去找到通关升级的办法。所有这些都是可以预测的，但也不是毫无悬念到以至于让你觉得很没意思。

围绕掌机游戏，我家里人有很多争议。我打游戏的时候会废寝忘食，除非我能搞清楚游戏里该怎么走或者下一步该干什么，否则就什么事也想不起来干。妈妈理解不了这有什么可迷的，再加上她的协调性和注意力都比较差，所以她从来没有闲工夫去研究这有多吸引人。玩游戏可是需要看准时机、多方协调的。可能妈妈太过理性了，所以理解不了这些游戏。在她的逻辑里，旋风狗和兔八哥①这样的动物怎么可能跑来跑去，还能从箱子上面飞过去，并且还能摘苹果呢？可是在我看来，这就是游戏的魅力所在：逃离现实世界。

我得承认，我玩游戏的时候，要是有人给我捣乱，我确实会相当生气。家里其他孩子要是听到我这么说，肯定会吵着说："'相当生气'？你这词用得也太温和了！"好吧，我承认我会非常生气。这个时候，妈妈就会站出来干预，不让我玩了。通常妈妈不让我玩之后，我就会看着别人玩，并且很乐意这样做。看着别人玩，看到他们通不了关，即便通关办法就在眼皮子底下，他们都看不出来，虽然有点丧气，但我还是愿意

---

① 译注：游戏兔宝宝历险记中的角色，原型是动画片《兔八哥遇上大嘴怪》里的大嘴怪和兔八哥。

看。这种感觉跟看书有点像。我看书的时候,脑子里会有画面——那就是我的小小世界。

玩掌机游戏也是一样,只是那个世界在你眼前的屏幕上。不管妈妈怎么说,我都很开心,尽管脸上没有表现出来。我的表情好像从来就没对过!总之,看别人玩游戏,还能看到不同的通关办法,这是自己玩的时候看不到的,这种感觉也很好。

收藏成癖

许多阿斯人士都会对某些东西特别着迷。我这里说的"收藏东西",指的就是这个意思。我们很多人都愿意收藏成套的东西,这样就可以把这些东西整理、分类、排序。我爷爷什么都收藏,不过我觉得他没有阿斯伯格综合征。收藏东西这个爱好不是阿斯人士特有的,我只是觉得对于阿斯人士来说,这个爱好的意义有点不太一样。总的来说,我觉得收藏东西能让人有安全感,而且这种寻求安全感的方式不会对任何人和事产生危害,谁都不应该阻止别人这样做。生活在一个无序的世界里,总有一种混乱的感觉,而整理东西能让人摆脱这种感觉,这种寻求秩序感的方式也很不错。

不过,谈到我自己的某些行为或者执念的时候,我还是得问问妈妈和家里的兄弟姐妹,我到底哪些地方和其他孩子不一样。我写作的过程其实也是了解自己的过程!我发自内心地希望我能帮助阿斯人士,还有他们的家长和照顾者去了解阿斯伯格综合征。

固执刻板和强迫行为好像跟特殊的兴趣爱好还不一样,我在这方面琢磨得越多,就越明白为什么这么说。妈妈说虽然我没完没了的时候挺烦人的(哎呀,谢谢妈妈!),但是能有什么东西让我如此感兴趣,她还是挺开心的。我不知道家里其他孩子是不是也这么认为。妈妈觉得,大部分家长可能还挺高兴自己的阿斯孩子有个特殊兴趣的,因为把这个兴趣利用起来,很有可能会给将来谋个出路。

我前面也提到过,有时候痴迷于某种东西是件好事,但是如果这种痴迷让你没法做别的事情,或者影响到了日常生活,那就需要好好调整一下,把它往后排一排。不过,不能把这种"痴迷"赶尽杀绝,我想不出来什么人能有这样的权利。不管怎么说,谁都没有权利做这样的事。

我真心希望所有的家长和照顾者都能了解一下孩子心里到底怎么想的、有什么感受,而不是简单粗暴地把那些东西从他们手里夺走,并且朝着他们发脾气。有些事情他们已经习惯了,做这些能给他们安全感,不能因为你们看着不顺眼,就不让他们做。我跟其他阿斯孩子聊过,从聊天中我了解到,他们在这方面跟我挺像的,所以我想说说我(还有本和约瑟夫)痴迷的东西,再说说这么痴迷的原因。你可能也发现了,随着我渐渐长大,有些已经变了,有些还保持着。

铅笔

这么多年了,我曾经有过很多"小怪癖",我奶奶是这么说我的。其中一个就是爱拿铅笔。我觉得，能记得我小时候什么样的那些人，大多都会记得我的铅笔。我和铅笔一刻也不能分开。走到哪里都带着铅笔，至少一支，出门也不例外。

我记得很清楚，要是没带铅笔，我就会觉得没有安全感。我想这就像本和约瑟夫走到哪里都带着玩偶一样，只是我从来不咬铅笔。我拿铅笔敲东西，逮着什么敲什么。别人听着应该挺烦的，但是我自己感觉很放松、很舒服。生活中让我紧张的事情实在太多了，带着自己熟悉的东西，这让我觉得很安心。真的，就在此刻，回想起这些，我还是很怀念那种感觉，我叹了口气，有点小伤感。好吧，曾经爱过，但又失去，也算不错……

小时候，我经常早上不到四点就醒了，醒了以后就在门口摆弄铅笔，妈妈看到我，总是疲惫不堪地说上一句："卢克，睡觉去。"在学校，我因为这个癖好面临的唯一一个问题就是我经常没铅笔可用，因为我总是把笔带回家，妈妈只好买很多盒铅笔放在学校备着。我不得不说，有时候妈妈很烦我不停地拿铅笔敲东西，就气得把铅笔一把抢走。有时候我半夜还到处敲，她气得昏了头，甚至把我的笔抢过去一把撅断。她告诉我，事情过后她觉得特别内疚。我原谅你了，妈妈——你把我的铅笔撅了以后，我再拿一支铅笔就好了！

绳子之类的东西

还有一件事，我以前也很喜欢做，其实现在还是很喜欢，那就是系绳子，走到哪里系到哪里。我喜欢类似连锁反应的事情——一件事的发生引发了另一件事，以此类推。我曾经把一堆东西用绳子缠好，然后看着它们一股脑地倒下来。这就是我为什么这么喜欢玩彩虹圈（螺旋弹簧玩具）的原因。把那些圈圈压下去，然后一松手，整个螺旋圈圈就会弹开。

以前，妈妈他们早上起床经常发现自己的鞋带不见了，再一看鞋带是被绑在门把手上，现在想来，他们肯定觉得挺烦的。我也很难解释，对我来说，把东西绑一起怎么就那么有吸引力，让我乐此不疲。可能是起到了催眠作用吧，特别好玩，能让我暂时忘掉现实世界。我这会儿就在想，马修今天早上出门有没有系鞋带？

我的脑子里全都是颜色、形状和图形，它们扭曲、变形并融合在一起。我估计那些看起来像是活在自己世界里的孤独症孩子可能一直都有这种感觉吧。我认识好几个孤独症孩子，我一直都很想知道他们的内心世界跟我小时候的是不是一样的。现在我能够关注到外面的世界了，不过我还是时不时地摆弄绳子、发光的东西、万花筒，还有熔岩灯这些东西，这对我来说算是一种权宜之计吧。生活在这个世界，但不属于这个世界！

很多孩子都喜欢解线团，好像永远也解不完，把线绳绕在家具上的时候还会绕出各种各样的图案。这里要提醒一下：别让小宝宝自己玩这种东西——说不定会缠到脖子。约瑟夫有一次就把棉线缠到自己脚趾头上了，后来不得不去医院弄下来（是把棉线弄下来，不是脚趾头），脚趾头都紫了，肿得厉害，就像一根青色的胖嘟嘟的小火腿一样。如果想哄孩子们开心,给他们玩绳子,那我建议把易碎的东西先清走。

电池

看我小时候的照片,几乎没有手里不拿电池的。下面这张照片里,我好像是要拿电池抠鼻子。那是一节 AA2 的金霸王电池,不可充电,不管怎么说这尺寸肯定不适合我的鼻子!我只是拿着电池在脸上滚来滚去。电池拿在手里感觉很好,凉凉的,很光滑,特别适合手的大小——至少有合适手大小的尺寸。拿着一节 12 伏的电池在脸上滚来滚去,那画面我可想象不出来。

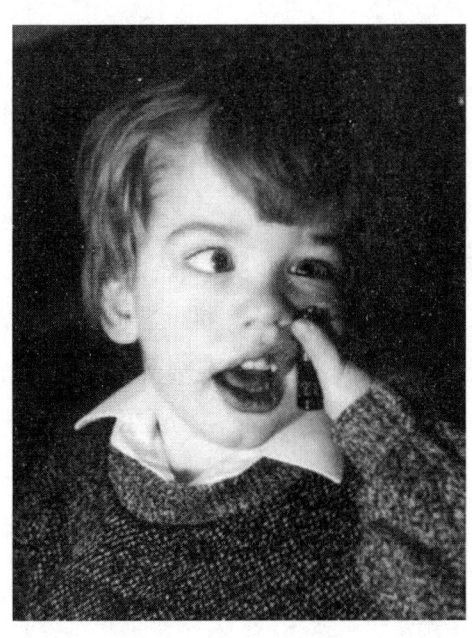

我以前总是把电池从什么东西里拆下来拿手里，并不只是因为它的手感。我觉得，大家当时可能以为我不知道电池是干什么用的，也不知道电池能让玩具和别的东西动起来——但其实我知道。我当然知道，不仅是凭记忆，还凭我对本和约瑟夫的观察，尤其是对本的观察。不管什么东西，本都要把电池从里边拆下来，像贵重物品一样随身带着。约瑟夫在自己的抽屉里（不是裤子里）和枕头下藏了很多电池。我当然不是在说自己（嗯，其实我也差不多，没怎么长进！）。尽管痴迷的狂热劲确实会衰退，但是我觉得它给我带来的影响会持续很久。

我以前喜欢收集电池，还有一个原因：我纯粹就是喜欢收集东西。活在一个无序的世界里，还有什么能比整理东西更让人满足的呢？我觉得这就是大家喜欢给东西排序的原因。阿斯孩子或者孤独症孩子的家长，你家孩子也经常把电池从遥控器里抠出来吗？我敢打赌是这样的。各位阿斯孩子，要是你们知道家里还有哪个遥控器里还有电池没抠出来，会不会觉得很烦躁？！我就算偷着攒了一堆电池，也还会忍不住再去抠几个凑成一整套。嗯……我刚刚意识到，一说到电池，我就不知不觉地把以前说成现在了。当然了，我现在是一个很酷的青少年，所以这种东西真的不入我的眼了……才不是！

强迫行为

强迫行为跟特殊兴趣还不一样，强迫很难控制，因此，强迫行为实质上非常具有破坏性。强迫根据严重程度分为不同级别。有个术语叫强迫症（Obsessive-Compulsive Disorder, OCD），不过我只知道这个名字，其他的了解得很少，这个名字从字面上就能大概明白是什么意思。

很多人都会给自己设定一些很难打破的小习惯。必须趁着马桶冲水还没结束的时候跑下楼，你有这样的习惯吗？搬家就能纠正这个习惯，因为我们现在住的是平房！妈妈说我小时候上床睡觉之前有很多程序环节。现在回想起来，她说当时觉得这些都是我养成的习惯，但是我记得这些事情，我觉得不太像。嗯……说起来有点难为情，但我当时就是得每一面墙都亲一下，灯开关三次，把某件玩具扔出房间，再把几件玩具排列放好，然后再上床睡觉。现在想来，虽然我那个时候只有三四岁，但也是强迫行为的一种表现。我就是必须要这样。我现在也没法解释，要是有哪个环节没弄完，我会是什么感觉，反正就是感觉身体要爆炸了一样。各位阿斯人士，你们有人明白我什么意思吗？不做不行，非做不可，那种感觉实在是太强烈了。

不过，现在这个问题对我来说根本不算大问题，如果我感觉有什么事是不惜一切代价也要做的，我就会很严肃地告诫自己权衡一下，想出一个折中的办法。能够意识到自己有这种倾向更好，这样就可以遏制一下。阿斯朋友们，你们觉得我说得在理吗？我希望回答是肯定的。我只是想说，虽然这很难，但是能对自己的想法、自己的身体有一个清醒的认识，能保证不会失控是件好事。周围人也会帮助你。我知道这很不容易！

控制强迫行为

　　我是故意给这一节起这个名字的,因为我要告诉家长、老师还有照顾者,一定要明白,需要控制的是这种行为,而不是孩子。我并不想出言冒犯,但是有时候我真的觉得,有些家长不让孩子痴迷某些东西,只是因为他们看着不顺眼罢了。我之前也提到过,孩子的特殊兴趣和强迫行为并不一样,强迫行为会绑架孩子的生活,但特殊兴趣不会。特殊兴趣是他们缓解压力的方式,能让他们觉得这个世界没那么不可控。还有一个事实,好像很多人都没有考虑过——我们是真的太喜欢自己说起来就没完的那些东西了。对阿斯孩子来说,它们的意义真的不是"怪癖"这个词能涵盖和承载的。

　　正在看书的阿斯孩子或者孤独症孩子,不管你是谁,请记住,自我控制取决于你自己,如果你太过痴迷某种东西,引起了某些问题,就要控制痴迷的程度。我知道要做到这些有多难,你可能需要一些帮助。相信我,我就是知道!家长们,老师们,这里不是你们的地盘,不要管得太宽!如果这种痴迷确实给孩子或者其他人带来了危险,或者很显然会对他们的生活造成负面影响,那么家长或者老师应该进行疏导。如果不是上述这两种情况,那就随他们去吧,等他们长大一些再看看。对我们阿斯孩子来说,生活处处是限制。我们不得不找到一些应对的方式,所以,转轮子、攒电池、聊电脑,或者其他什么,如果这些事情能帮我们缓解一下压力，那么我的建议是：就多让我们接触自己喜欢的东西吧。

老是拿支铅笔在手上，确实是有问题，因为一只手总是占着不能用。因此，妈妈和老师就想办法帮我怎么能不拿笔待一会儿。妈妈给我做了一套表格。刚开始，趁着我不那么紧张并且有事可做的时候，就让我不拿笔待一会儿。起初只是一小会儿就行，但是慢慢地时间越来越长。只要能做到，就能获得一个小星星并粘在表格上，要是这一个星期都做得很好，就能拿这些小星星换个想要的东西。我记得很清楚，我当时换的是一本漫画《丹尼斯的威胁》（Dennis the Menace）。我为自己感到高兴和骄傲。起初，一个星期里我能得几个星星就算很好了，不过很快星星越得越多，在让我比较紧张的场合，我都能尝试着不带铅笔了。现在我只是写字画画的时候才拿铅笔，所以不管我们做什么努力，肯定都是有用的。如果是小一点的孩子出现这种问题的话，这种办法格外有用。

本就是这样的孩子，他手里总是拿着什么东西。他学着用图片交换沟通系统（一套使用图片辅助沟通的系统，简称PECS）的时候，妈妈，还有上门教他的特教老师朱莉用的第一张图片就是来自他的那本中国菜谱。她们就是用这个教他学会了用图片来换真正的东西。这套系统对本特别好用，从那以后，他表达不出来自己想要什么的时候，基本也不会生气发脾气了。直到现在，当他感到犹豫不决或者紧张难过的时候，他还是会用图片交换沟通系统。

还有"社交故事"（social stories），就是用一些图片帮助人们厘清自己的感受，或者搞明白一些事情。我得跟和我差不多大的孩子说一句，这些东西真的很有用，对我们也一样有用。社交故事有点像漫画书，有时候比漫画书更好懂。

本有一个微绘建筑模型（一种小摆设）、一个马车型的闹钟、一把汤勺和一个镶着蓝色珠子的小盒子，这些东西都是他要随身带着的。除此之外，还有一个"圆形的、黄色的玩偶"——不能是椭圆的，也不能是红色的——必须得是圆形的、黄色的，其他什么形状、什么颜色都不行，也是走到哪里都得带上。各位，要是没找到什么圆形的、黄色的玩偶，他真的会大喊大叫！我们大晚上四处帮他找玩偶这种事发生过很多次了，而他就在那里大哭大闹。

这些东西本身好像没什么问题，但主要是本的年纪太小了，要是他拿着这么多东西到处走，他的手就腾不出来了，嘴也闲不下来。妈妈、儿童发展中心的工作人员，还有我们所有人真是想尽了办法帮他改掉这个习惯，就想让他放下这些东西待一会儿。现在，这些东西在他的生活中已经没那么重要了，除非他难过的时候（不过他睡觉的时候还是必须得拿个圆形的、黄色的玩偶）。我觉得他上学的时候不带玩偶，估计也不会有什么纠结（而且他现在可以穿着衣服不脱了——真是很了不起！）。

各位家长，如果你家孩子也是走到哪里都要拿着东西，我希望我说的这些能给你一些信心。他们会变的。各位同龄人，如果你们看到我又在写我小时候的事，还有又在写我弟弟的事，觉得很没意思，看不下去，那就想想这个问题：扪心自问，你们有没有过这样的时候，因为自己做的事在别人看来很奇怪，就被叫作怪胎，你们敢说没有过吗？我说起我喜欢的东西或者话题的时候，总有人叫我闭嘴，我敢说绝对不是只有我碰上过这种事。我说这些，是因为小龄孩子的家长可能想要了解他们的孩子心里是怎么想的，所以请忍一忍。

感官信息和感知觉

所有的感官信息——我们的感知觉都不一样

很多孤独症谱系人士都有感知觉①问题。我们当然不是没有感知觉——完全不是！我觉得专门写孤独症人士感知觉问题的书已经很多了，不过我还是要说一句，因为在我们家最大的问题可能就是这个了。这里我主要写我家小弟本，因为他在这方面的问题最为突出。我知道本有典型孤独症，不过我敢肯定，不管程度怎么样，只要是孤独症谱系孩子，都有这方面的问题，所以我觉得我应该强调一下。我要写本，事先并没有征询他的意见，因为他也不懂，不过我觉得他要是懂的话，他应该也是愿意帮助别人的。本，谢谢你，如果有一天你能看书的话，希望能看到我说的这些话。

和我同龄的阿斯孩子可能会觉得这一章挺无聊的，但是会

---

① 译注：感知觉，人脑对当前作用于感觉器官的客观事物的反映，包括通过视觉、听觉、嗅觉、味觉、触觉所获得的客观事物的形状、色彩、声音、气味、味道等。

有很多家长或者专业人士想了解这些孩子,所以我还是要讲讲。不管怎么说,你要是看了这一章的内容,也许能想起小时候的你。

本有感觉统合失调,或者说是触觉防御,反正不管叫什么吧,我看过他的评估报告,所以我知道什么词可以用来描述他的问题。报告里说他"对感官刺激极度敏感,极难接受"。

触觉

本小时候受不了衣物纤维的刺激,也接受不了别人碰他,现在好多了。在他很小的时候,就在儿童发展中心做这方面的对症治疗,确实挺有用的。有段时间,他特别接受不了颜料,反应特别大,好像看一眼都要吐似的,可是现在别人往他手上涂点颜料,他也能忍受得了了,只要马上洗掉就行。不过,像橡皮泥、超轻黏土什么的他还是受不了。

本很受不了穿衣服。他现在可以穿着衣服上学或者出门了,但是只要一回家,他就会马上脱下来。在外面的时候,不管在哪里,只要他觉得紧张,就会把衣服脱干净。他对衣服实在太挑剔了,所以妈妈只能带着他让他自己去挑衣服。他坐在童车里,妈妈把新衣服贴到他脸上或者手上,他不是尖叫着"不要不要,疼",就是紧紧抓着不松手。极少数情况下,要是他能忍着试穿一下,我们就算撞大运了。

如果你家也有这样的孩子,或者你带的是这样的孩子,请不要觉得他们是在搞怪。这些东西确实让本很不舒服。只不过他现在说话比以前有进步，所以碰到他觉得接受不了的东西时就能喊出"哎呀，疼"。要是他什么都不想穿，那么有个办法可能管用，就是先穿一件薄一点的长袖运动衫，把里面翻过来朝外穿①，然后外面再套一件长衣服，这样他还算能接受。要是天真的很冷，妈妈想要让他在家也穿点衣服，他可能也就只穿一件T恤衫，一样是把里面翻过来穿。可是穿裤子、穿鞋，这个办法就不好用了，但总归是个开始。

本有个好朋友，名字叫艾玛，也很讨厌穿衣服。要是衣服沾上了点什么，哪怕只有一滴，她都要立马换下来。对于孤独症孩子家长来说，如果孩子总是脱衣服，那就是需要另外考虑的问题了。艾玛特别较真，她要什么样那就必须是什么样。所有东西都要有各自的位置，所有东西都必须放在固定的位置。

有趣的是，她和本，在听觉上正好相反。对她来说，声音越大越好。她喜欢使劲敲鼓，而本平时经常堵着耳朵。不是有人说过吗，异性相吸！

本小时候还讨厌一种东西，那就是沙子。我和妈妈也是，一模一样。前面说的所有感知觉问题，妈妈都有，而且还不止那些。本现在能玩干沙子了，但是湿的还不行。我到现在都讨厌黏唧唧、湿乎乎的东西，但是那种暖暖的干沙子，我深吸一口气以后还是有点信心能忍一会儿的。但是，我还是不明白这东西有啥好玩的。下面我用一个故事来说明感知觉问题到底有多麻烦，希望家长们看了以后，能够识别出孩子在这方面的表

---

① 译注：有些孤独症孩子接受不了衣服上的标签或者面料接缝。

现,并且能多了解他们一些。就算没有达到我的目的,至少这个故事也能让你乐一下!

 **踮着脚尖走进往事**

小朋友们,都坐好了吗?开始讲故事啦!(爷爷总是这么说,很显然这是跟一个很久以前的少儿广播节目学的。)

有一天,我们打算出去玩。天热得要死,所以妈妈决定带我们去圣安妮海滩①。那个时候我特别讨厌海滩、沙子、阳光、大海这些,比现在讨厌多了,所以我根本不觉得去那里有什么好玩的。但是跟平时一样,少数服从多数,我们就出发了(我猜大家肯定都知道我当时很是抗争了一番)。

到了海滩后,妈妈先是背着我走过了一大片沙地,然后找地方铺了一条浴巾,让我在那上面待着,这样我的脚就不会沾上沙子或者湿了——即便这样我还一直在那叽叽歪歪的。家里那些女孩子们还是跟平时一样,对我这个样子很是鄙视,也很火大。可是在我看来,她们喜欢这些玩意才奇怪呢。

一到海滩,她们就四散跑开,弄得浑身湿漉漉、脏兮兮、黏唧唧的(就这样还说我奇怪呢),剩下我自己坐在浴巾上面,为了让自己显得不那么无聊,我做起了心算题。妈妈忙着照顾约瑟夫,那时候他才四岁,长得特别小,不过她时不时跟

---

① 译注:圣安妮海滩,位于英国兰开夏郡黑池附近。黑池,英格兰西北部海滨城市,也译作布莱克浦。

我说上一句"卢克，去跟她们玩去"或者"试试呗，说不定你能喜欢呢"。我坐在那里，心想"喊，那跟泡在醋缸里有什么区别"。不过，为了应付妈妈，我最后还是站了起来，朝着她们踮脚走过去，尽量脚尖踩地，免得沾上更多沙子，远远地，妈妈一脸灿烂地给我鼓掌加油，我只好冲她做了一个苦瓜脸的表情。

脚趾间夹着湿沙子的感觉实在太恶心了，我一边走，一边强忍着，就在这个时候，我看见了一片草丛，中间还有芦苇一样的植物伸出来，我一下子就被吸引住了，于是朝着那一大片草丛走了过去，其他什么都忘到脑后了。

我刚一走到那里，就咻地一下消失了，反正在他们眼里我是消失了。可是，实际上，我只是在那摘那种草的小种子，种子摘得差不多了，就摘草叶子折起来放嘴边吹。你试过这么玩吗？不过要小心点，因为这种草薄得像纸，能划伤手。要是你掌握了技巧的话，就能吹出一种哨音，特别酷。我从没吹出来过。

我经常沉浸在这样或那样的事情里，忘了时间。我觉得这个世界上有时间这种东西实在很多余，不过有也挺好，至少我们能知道什么时候应该吃饭。我经常观察出现在自己身边的那些图案和形状什么的，一看就是好几个小时。我的脑袋里有一个小天地，里面全是各种各样的图案、形状、颜色，还有棱镜，像万花筒一样。这些东西和外面世界里的各种形状交织在一起。这种感觉很难形容，不过其他阿斯伯格或者孤独症人士可能明白我说的意思。奇怪的是，随着年龄渐长，我对时间、空间和周围人的感觉越来越清晰，对自己的小天地的感觉越来越模糊了。我觉得那个时候的"迷失"（我必须得给这个词加个引号，因为这只是别人的看法，不是我自己的，我自己一直都知道我在哪里）只是有点过于沉浸在自己的世界里罢了。本现在就是这样，跟我以前很像。

在那片草丛里玩了一会儿后，我决定回去找妈妈。后来他们告诉我说不是一会儿，是很长很长时间，有好几个小时，但是我当时并没觉得。回去的时候遇到了一个小问题，我不太记得是哪条路了。我四处找了一会儿，最后看见一个男人在草丛边上走，他问我是不是迷路了。我解释说我没有迷路，但是我不知道我妈妈在哪里，我问他有没有看见。我说我妈妈头发卷卷的，涂着粉色唇膏，我离开她的时候她正坐在金字塔上面。现在回想起来，我猜那个男人肯定挺蒙的。我们是在圣安妮海滩，不是埃及啊！我说的金字塔，是一块两面都很陡，形状很像金字塔的大石头。反正在我看来确实很像，但是很显然，别人可不这么看！

在这段时间里，妈妈发动了全海滩的人来找我。海岸警卫队、警察，还有一大帮女生，所有能发动的人都在用大喇叭喊着我的名字。可是我什么都没听到！我的听觉有点神出鬼没的，我只有意识到应该听的时候，我才能集中精力去听。我一直都很难分清什么是应该过滤掉的背景音，什么是应该仔细听的前景音，所以不管他们喊得多大声，我都会觉得那只是背景音罢了。阿斯人士都有这个问题，因为这个我都被骂过无数次了，说我是不理人的白痴，可我真的就是意识不到别人是在跟我说话。约瑟夫也有这个问题，而且比我严重得多。

大家找到我的时候，我根本没在找谁。我只是无意之中碰上了他们。真是奇怪，家里大大小小都在哭，妈妈一把抓住我，好像天都塌下来了，只有我自己跟没事人一样。有时候我是真的很难搞清楚我到底哪里做错了。如果你家孩子也是这样，那么请一定要跟他解释清楚。

压迫感

很多阿斯伯格和孤独症人士都会试图找到某种能给自己带来安全感，或者干脆就是帮自己屏蔽这个世界的东西。我小时候有一顶帽子，戴上以后只露两只眼睛，这顶帽子给了我很大的安全感。那时候我整天戴着这顶帽子，一周七天、一天二十四小时都不摘。上学、上课、吃饭，不管走到哪里都戴着。我觉得绝大部分同学朋友都没见过我的脸！我现在都怀疑我那时候是不是不洗脸。

我这么喜欢这顶帽子，是因为对我来说，它不单单是个安慰物，它是有实际作用的。首先，它可以捂住我的耳朵，帮我屏蔽掉一部分噪音，这些噪音多到一天到晚都响个不停。我的听觉非常敏感，这个世界对我来说实在太嘈杂了。这顶帽子能稍微起点降噪作用，让有些声音听起来和原来不太一样。不过，这并不是我一直戴着它的主要原因，这只是一个额外的好处罢了。主要原因是我戴着帽子的时候很有安全感，那种感觉有点像是从保护屏后面看着这个混沌的世界,围绕在我周围的那些东西带来的压迫感和紧张感,都好像被压缩了。本戴的是耳罩,还有护目镜,大多数时候两个都戴,不戴就睡不着觉。我猜这跟我戴帽子是一个道理。现在戴着这些看起来还挺可爱的,从照片里也能看出来,不过我敢说等他再长大一点,要是还戴着这些东西,肯定要遭人嘲笑的。

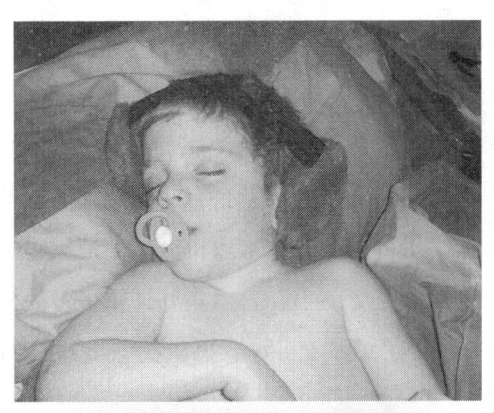

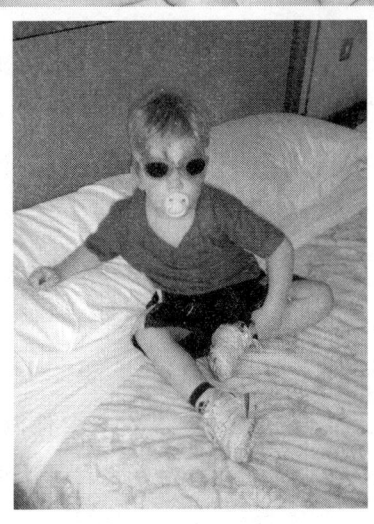

本经常让我们用手指使劲戳他的眼睛（当然了，我们不会真的使劲），还让我们使劲捏他的脚。睡觉的时候，必须有人使劲捏他的脚他才能睡着。我觉得他是喜欢那种压迫感，有点像我戴上那顶帽子的感觉。本这个样子也挺危险的，因为他总是喜欢把头埋起来，埋在桌子、垫子、被子下面。他还总是钻进别人怀里，躲在人家衣服下面。妈妈经常像个袋鼠一样兜着他走来走去的。

知名孤独症人士天宝·格兰丁发明了一种叫"拥抱机"的东西，通过它可以调节自己需要的挤压力度。后来她发现，让一群奶牛挤在一起之后产奶量会有所增加，所以就发明了一款类似的机器给奶牛用。她在农业机械方面资历很深，还写过很多介绍自己生活经历的书，这也正好证明了不一样的人也可以过上美好丰富的生活。(不好意思，我怎么这么啰嗦，像个复读机似的!)

我戴帽子这个习惯是逐步消退的，先是让我戴一段时间，然后我要是能拿下来一会儿，就能得到奖励，这样慢慢地就摘掉了。最开始的时候挺难，不过只要我不戴就能得到奖励，看一些很好看的书，得到其他想要的东西，后来不戴帽子的时间越来越长，最后就用不着戴了。要是有家长在看这段，而自家孩子也有这个问题，且想要帮助孩子摆脱一些确实不太合适的东西（并不是只有家长觉得不合适），那么可以花时间看看下面这些建议。挑孩子最放松的时候，只要他能尝试坚持一会儿，就予以大大的奖励，之后慢慢延长时间。可以用前面提到的那个办法，在表格上贴星星，用来记录孩子的进步。这种表格对孤独症谱系障碍人士很好用，因为看得见摸得着，所以理解起来容易得多。目前，本还是会把粘在表格上面的星星拿下来放进嘴里，但是我相信总有一天这个表格会起作用的。

视觉

我觉得很多阿斯或者孤独症人士不是视力和普通人不一样，而是对视觉信息的感知不一样。我是通过观察本知道这一点的。我们出去的时候，一看到地上画着线，他就跪下来爬过去，但是眼科医生却坚持认为他的视力不至于这么差。我觉得肯定是外界信息在传递进他大脑的过程中发生了变化，把他搞糊涂了。我猜这跟他的平衡能力有很大关系。他特别讨厌秋千，也不喜欢举高高。很显然，这些都跟感知觉失调有关。

还有一个问题就是用眼角余光能看到东西。妈妈就是这样，哪怕墙角有个什么东西慢慢地动，她都能看出来，这让她特别崩溃。只要她在，旁边的人连手指头都不敢动，更别说敲了。我想要是你想观察一下周围哪个女孩，但又不想表现得太明显的话，这倒是一个很方便的技能。

我没有妈妈和本的那些问题，不过我的左眼不太好用，做了很多次手术，才没变成对眼。我还有眼球震颤①的问题（就是眼球老是来回转）。我特别喜欢闪闪发光的东西，看到的时候眼睛都拔不出来。我一直都很喜欢灯，我房间里有很多灯。

---

① 译注：眼球震颤，一种不自主、有节律性、往返摆动的眼球运动。

有一个熔岩灯、一个迪斯科球、一个 UFO 灯，还有一个魔法蘑菇①（其实就是一个球形灯，魔法蘑菇是我给它起的名字，我得解释一下，要不然有了解毒品的人该担心了）。这些东西对我来说有催眠作用，能让我镇静下来，用来逃避现实世界真是再好不过了。很多特殊学校里都有"感官教室"，里面有各种各样的灯，还带声音，简直就是我心目中的天堂！

眼神交流

"你在听我说话吗？""我跟你说话呢，看着我。"阿斯孩子们，这些话听上去是不是很熟悉！听到这些话，你是不是一肚子委屈？（这么说还算客气的呢！）大人们好像很在意别人应该看着他们说话，不看着他们就好像犯了大错似的。反正至少你得往他们那边看看，否则就会被当作没礼貌，这是显而易见的。这个世界就是有这么多愚蠢的规则！我真的很讨厌这种规则。

约瑟夫跟人说话的时候从来不看对方，他在学校学的东西里就有"跟人说话时要看人"这项内容。我明白学校为什么要教他这个，因为他的听觉问题很严重，注意力也很难集中。他不看人的时候，通常是在忙活自己的事情，所以人家跟他说话就是浪费时间。想要知道你家孩子，或者你身边的人是不是在听你说话，最简单的办法就是问他们一个和说话内容有关的

---

① 译注：魔法蘑菇，指含有二甲-4-羟色胺和磷酰羟基二甲色胺等致幻物质的蘑菇或者能够引起视听幻觉的药物。

问题。如果他们回答出来了,显然就是在听了,那么我个人觉得看不看你其实也无所谓的。

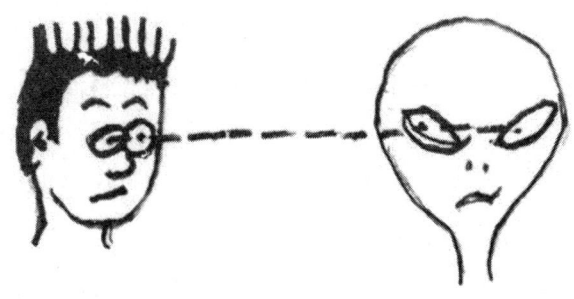

莎拉 绘

当我直视别人眼睛的时候,尤其对方还是我不熟悉的人,那种感觉非常不舒服,我都很难描述出来。我感觉对方的眼神好像能烫到我,另外我真的感觉自己像是在看外星人。我知道这么说很没礼貌,但我就有这种感觉。就算我能挺过这一关,可以不把眼神移开,后面听着对方说话的时候,我就会总是死盯着人家的脸看,根本没法听人家说什么。妈妈说我小时候经常站到别人跟前,盯着人家的脸看。可能是因为他们看起来很滑稽吧——我研究别人的脸时经常要忍着才能不笑出声来,总有一些长得很奇怪的人!

有时候,要集中精神边听边看,这实在很难。有些人说话常常模棱两可,这就够难理解的了,脸还扭来扭去的,眉毛忽上忽下,眼睛也是,一会儿瞪得像铜铃,一会儿又眯成一条缝,我实在没法把这些一股脑地搞明白,说真的,我干脆躺平了,根本不想去搞明白。

各位阿斯孩子，针对这个问题，我发现了一个折中的办法：不看对方的眼睛，看嘴巴。我现在正在练习，还挺好用的。这样的话，对方也不会对你不满，因为你确实朝着他们那边看了，但你又不用盯着他们的眼睛看，所以就不会有那种可怕的感觉。下次别人再跟你说话的时候，就试试盯着他们的嘴巴吧，看看一张嘴能变化出多少形状来。不过这种办法也有个问题，那就是看着看着就觉得很好玩，然后忘了听人家说话了。还有一个好办法，就是看对方的耳朵，因为这会提醒你注意听人说话，而且还不会让你分心（当然了，要是你发现对方长了个招风耳，那就不行了！）

最好是能找个折中的办法，让你不那么扎眼，也不会显得太没礼貌。应该能找到的。记住，不能在一棵树上吊死！[①]（这句话是妈妈教我的——我觉得听起来太惊悚了）

转圈

我知道这个问题应该和视觉没有直接关系，但是，前面也曾提到过，我觉得孤独症人士的平衡能力跟普通人不一样，对感官信息的知觉也不一样。(我也不知道这部分的内容除了这里还能放哪里！) 转圈好像和平衡能力有点关系，因为不能保持平衡，所以才会转圈。

---

① 译注：原文"there is more than one way to skin a cat"是一句俗语，字面意思是"给猫剥皮不止一种办法"，所以作者解释说太惊悚了，因此译文也找了一句比较惊悚的中文来对应。

到现在我都一直很喜欢转圈。真的,我可不是在瞎编!实际上,我最喜欢的就是电脑、灯和转圈(按喜欢程度排序)。这和感官信息刺激有关系,感兴趣的可以了解一下。别忘了,我才13岁,我可不是全知全能。(我确实很爱用这个当借口!)

这里我还要讲一个小故事,让大家看看感知觉问题在我们生活中影响有多大。希望你不要觉得没意思。阿斯孩子们,你们能不能想起类似的情形,感知觉问题给你们带来麻烦的那些时候?我回忆起来的时候觉得还挺有意思的。

 **上去、上去,就没了……**

那是在巴特林度假村的一个游乐场,上一秒我还和家里人在一起,可是下一秒我抬头一看,一个"火箭飞行器"正在头顶上面盘旋。我实在忍不住诱惑,于是就不声不响地从工作人员腿中间钻了过去,上了"火箭"。

那一刻我脑子里根本想不起来别人会怎么样。我的注意力被吸引走的时候,就完全想不起来别的,不过我现在学着尽量不这样,效果还可以。如果你也有阿斯伯格综合征(或者没有),看完这个请一定也要注意,尽量别这样。

妈妈转身一看,发现我不见了,立马就做了她最擅长的事。她发动了游乐场里的所有人(这个本事是不是很神奇?),"汤姆、迪克、哈里",有名字的都算上,所有人都在找我。这种事她干过很多次了,特别熟练!最后终于找到了我,彼时我正玩得不亦乐乎，在"火箭"里头，坐在地上，待得可舒服了，随着"火箭"转了一圈又一圈，特别开心。

当我终于走下"火箭"的时候（三个多小时都过去了，连警察都出动了），妈妈倒没生气，只是百般不解。我怎么就能自己待在一个地方那么长时间，完全意识不到别人会找我呢？

我想着一件事的时候，脑子里就只有这一件事，没有别的。我转圈的时候，或者盯着彩灯或其他闪光的东西看的时候，整个世界对我来说就不存在了。

听觉

目前，我家这些人在听觉方面问题比较多的是本，还有妈妈，这真是挺奇怪的。妈妈不喜欢去电影院及类似的地方，嫌声音太大，如果我们要去，她就戴着耳塞或者用手堵着耳朵，要是有什么突如其来的声音，她就一下子跑到几米开外。她的耳朵简直就像是有些人说的那种仿生耳。有人在房子另一头小声说话，她在自己的卧室都能听得一清二楚。我觉得简直太神奇了，可她觉得实在太糟心了。

本现在还去不了电影院，因为去那种地方要一下子面对太多的感官信息刺激，他还承受不了。我们试过一次，他一下子倒在地上，用手捂着耳朵，眼睛闭得紧紧的，哭喊着"太吵了""太黑了"。我们只好带他回家了。大多数时候他都是用手堵着耳朵，不过要是我们能提前告诉他的话，他就会好得多。

莎拉 绘

现在我们都是提前告诉他我们要用吸尘器了,这个时候他就会捂着耳朵飞奔进别的房间,砰的一声把门关上。(不是这种情况他也会摔门的,他就是爱摔门。)我以前也跟本一样有类似的问题,不过现在好多了。我现在唯一受不了的就是游泳馆或者空旷大厅里的那种回声。还有一件事,我觉得也挺烦人的,那就是我们考试的地点是在很大的教室里,我能听见其他人翻卷子的声音,这实在是让我挺崩溃的。

味觉

这对很多孤独症人士来说都是一个问题。有些人的口味特别清淡,有些人喜欢特别辣的或者味道很重的食物,就好像是味蕾过分敏感或者发育不良似的。我自己喜欢吃辣的,不过我觉得还不算极端。我觉得,很多阿斯或者孤独症孩子"挑食",

不是因为他们不喜欢某种味道，毕竟很多东西他们连尝都不肯尝。他们"挑食"，主要是和卖相、口感、气味有关，除了这些，还有一个原因，那就是他们不喜欢变化。

嗅觉

我的嗅觉问题很严重，不过现在比以前好多了。阿斯家长们，很多事真的会轻松一些的。我到现在还是受不了水产店门前那股味道，闻到很浓的香水味也还是会打喷嚏，不过这些都是比较正常的反应，除了这些，就没有什么太大的问题了。可是妈妈的鼻子就跟狗鼻子似的，她总是抱怨说有什么味道，但是其他人都闻不到。去商店的时候，她经常一进去就脸色苍白地说什么东西这么臭，可是我们谁都闻不出来。不过这也是个好事，她超级喜欢某些味道，有些花的香味能让她的心情瞬间就灿烂起来，可不幸的是，我二姐莎拉对花粉过敏。

我在想，对那些运气好到能有恋爱对象的阿斯年轻人来说，嗅觉敏感可能就是个问题。可别对人家说"你香水味真臭"，否则人家立马就得跟你分手！我觉得措辞可以委婉一点，可以说你的鼻子很容易受刺激，很多味道都闻不了，下次见面的时候是不是可以不喷这么多香水。

感知觉混乱

当灯突然亮了或者灭了的时候，本经常会在耳边拍手，当有强烈气味的时候，他就会紧紧地闭上眼睛。（他很搞笑吧——

嘻嘻！）我觉得孤独症谱系人士的感知觉常常是搅和在一起的。这里我还要讲个小故事，从中可以看出我以前是什么样的。

 **各种感觉胡乱搅和？**

有一天妈妈想带我们出去玩，大家七嘴八舌地吵了个把小时，最后决定去动物园。那里有狮子、蛇、老虎、鹿、猴子、狐猴，还有大猩猩。看其他动物的时候，我都好端端的，直到看到大猩猩。只看了一眼，我感到有种熟悉的感觉席卷全身。我一转身，还没来得及挪地方就吐了。挺神奇的，觉得恶心的时候，要是真的吐出来了，会感觉舒服得多。我不是很清楚我为什么觉得恶心，我的意思是，大猩猩是我们的祖先啊，只不过还没进化罢了。

吐了一次以后我就一发不可收拾了！每次看见一群动物的时候——不管什么动物——我都会吐。妈妈只好一手推着约瑟夫的童车，一手捂着我的眼睛。不看那些动物的时候我不恶心，可是只要瞟了一眼，就开始吐。

本一看到灯太亮了就捂耳朵，每次看到他这样的时候，我就想起来去动物园那天的事，我怀疑是大猩猩身上的味道触发了那种恶心的感觉，之后不管什么味道我都受不了。我觉得是因为我当时没有捂鼻子，不过也可能是我的感知觉搅和在一起了。

说说睡觉这件事

孤独症谱系人士的"脑回路"好像和普通人的不太一样，不能说所有孤独症谱系人士都这样，反正是有很多。除了这些，我们很多人还有睡眠问题——或者确切地说，应该是"不睡觉"的问题！我从生下来开始就有严重的睡眠问题，睡不着，好不容易睡着了还经常醒。告诉你吧，那真是太痛苦了。你可能无法想象，躺在那里百无聊赖地等着天亮，还非得到起床时间才能起床，那是一种什么感觉。真的，如果你是阿斯，那也许还能理解。直到现在，我记忆中最清晰的事情还是躺在小床上瞪着眼睛连哭带喊地想出去。我记得我紧紧抓着床的栏杆，特别生气地大喊大叫。我清楚地记得自己把脚从床栏杆中间伸出去，但是身子却过不去，我就特别生气。我到现在都记得当时的窗帘、被子那些东西都是什么颜色。我那时喜欢粉色，什么东西都要粉色的。（赶紧加一句：现在长大了，已经不这样了！）

很多时候，应该是大多数时候，夜里，我躺在床上睡不着，不知道自己到底应该做什么。你们有过这种体会吗？躺在那里，或者坐在那里，什么事都不干，就会感觉时间过得特别慢。后来我渐渐长大了，不再白白生气了，我开始看书。以前我一晚上能看大概两本中等厚度的书，但是现在我只看一本，然后等到眼皮有点打架了，我还真能睡上一会儿。有时候我还是睡不着，然后他们就会骂我"病入膏肓"。

本跟我一样，也是睡不着。他现在会说点话了，别人还能多理解他点。他会大喊大叫，揪着自己的眼皮不让自己闭眼睛，说："眼睛让我黑了。"他不喜欢黑夜。我小时候也不喜欢。我的房间、我的东西都是我熟悉的，让我有安全感。可是天一黑，我的熟悉感和安全感就被偷走了。我现在不介意了，因为我知道这些不会被偷走，但是我觉得本现在还不明白，他的感觉应该跟我当初的一样。

睡眠问题好像分成两类，一类是睡不着，一类是容易醒，我家的人这两类都有。

服用药物

对我来说，最大的问题是睡不着，因为如果我连睡都睡不着，那又何谈容易醒呢。针对这个问题，医生开了一些安眠药，但是妈妈不喜欢用药，除非事情到了非常严重的地步，所以这些东西一直也没派上用场。不过，有一天，事情还真的到了非常严重的地步！

 **我干的蠢事**

这件事,哪怕是说一说,我都觉得挺难为情的,但是我觉得对于阿斯伯格孩子、家长或者照顾者来说,很重要的一点就是要认识到,哪怕是像我这么……嗯……聪明伶俐的人,也会偶尔做很蠢很蠢的事。

我家的药都是放在本和约瑟夫够不到的地方,我已经长大一点、懂事了,我猜妈妈肯定觉得药放在高一点的柜子里是没事的。从某种程度上讲,她是对的。我也不傻,肯定不会乱吃药。

有一天,凌晨一点了,我还是一点睡意都没有。十二点的时候妈妈下楼过一趟,训了我一顿,说我把游戏室弄得乱七八糟。我知道我应该去睡觉了,所以我打开了装药的柜子,拿了大概半瓶的镇静剂,应该是叫阿米替林①。我知道……这很傻,傻透了,实在是傻透了!

我的逻辑很简单。我当时想的是,这药是给本开的,他比我小那么多,那我要是想睡觉的话就应该比他吃的多得多,更何况我还一点都不困。唉,简直是大错特错!我吃了,然后就进医院了,人事不省,还上了呼吸机,两三天才醒过来。可是,我那么做并不是要自杀。我猜很多人可能都是这么想的,我觉得这种误解对我来说是一种侮辱,挺伤人的。有个医生还

---

① 译注:阿米替林(Amitryptiline),一种抗抑郁药。

建议我去看心理医生！我认为，不管你有多痛苦，选择自杀都是非常自私的行为，因为会让别人难过。我还认为选择自杀是非常不对的，有问题就去面对、去解决，既然有了生命，就该好好生活，这是我们的责任。

我觉得误解对我来说是一种侮辱，最主要的原因是这种解读是对我和我的家人做出了很轻率的臆断。我过得很开心，过去是，现在也是，我觉得自己非常幸运。我们家房子很大，每个人都有自己的卧室，我家还有一辆豪车，一个超大的蹦床，几乎是要什么有什么。不过，最重要的是，我有一个超级幸福的家（尽管二姐莎拉的脾气有点差！）。家人们在一起很开心，我实在别无所求。

后来，妈妈跟我从头到尾、详详细细地说了有关药的事，医生也告诉我，我能被救回来真是挺走运的。我当然不会再犯这个错误了。我家装药的柜子现在上了锁，还装了一个警报器，只要有人打开柜子，警报器就会响，那个声音简直震耳欲聋，所以现在哪怕就是吃了一颗维生素，半条街的人都会知道！我想说的是，我当时肯定是把妈妈和大家都吓坏了，所以我一定要保证以后不管吃什么，都仔细看看，绝对不能乱吃。

如果你是家长，不管孩子有没有阿斯伯格综合征，我都建议，一定要把药品锁好。我不是自夸（我家三姐妹听见这话又该嘲笑我了），我觉得我够聪明的了，但还是干了这种蠢事，真是让人无地自容。照顾过我的所有人，谢谢你们，很抱歉我干了这么蠢的事。还要谢谢史蒂芬医生，他明白我只是犯了个错误（这个词用在这里有点轻描淡写了），而不是认为我要自杀。

但是，药物治疗可能对一些人确实有效。就我个人观点，我觉得尽可能还是不用药，我相信大部分人也是这么想的，但有时候不用药是不可能的。我也说不好哪些药效果好，哪些药效果不好，毕竟我只有 13 岁（我之前没说过吗？），这可不是我能说的话题。我能做的，只是强调一下——很多孤独症谱系人士对药物的反应好像跟普通人不一样。

很多人用褪黑素来帮助孩子或者自己入睡。美国有卖的，我觉得其他国家应该也挺容易买到的。我们这里的大部分医生不给人开这个药，不过我觉得还是有医生能开。这种药应该是安全的，对很多人也有效。不幸的是，我们这里开不了。

如果睡眠问题真的很严重，就去找医生看一看。如果有医生在看这本书——请不要低估这个问题的严重性。我无法形容明明知道睡眠很重要，却怎么也睡不着，那种滋味有多难受。没有人想给孩子吃药，我觉得也没有人想主动吃药，所以如果有人找到你求助，那就意味着他们已经命悬一线了。请帮帮他们。谢谢啦！

如何解决睡眠问题——给阿斯人士的建议

我敢肯定很多阿斯孩子都跟我一样有睡眠问题，所以我在这里写了很多建议，这些年来我自己也听了不少这样的建议，希望其中一些能对你们有所帮助。个人情况不同,办法也不尽相同,效果也各有不同。各吹各的调,各有各的招!

但凡别人告诉我的办法,我都挨个试过。有些办法被证实有效,有些办法很怪异,还有些办法一看就很无厘头,但我还是把它们都写出来。看你自己怎么想了,祝你好运。

1. 晚上睡觉的时候,躺在床上想象有辆自行车,凑近了看车上的某一个地方,比如辐条。要是你脑子里一直想着这个画面,最后就能睡着了。现在回想起来,我觉得这就是我说的无厘头的办法。关注细节,这对阿斯人士根本不算难事。实际上,我们本来就是习惯了"只见树木不见森林"的,经常只看细节,很难看到全局。我觉得,为了以防万一,还是必须提一句,这种办法对有些人确实有效,可能就是神奇的巧合吧。但对我确实没用!

2. 还有一个办法,跟前面说的属于同一类,就是想象一块黑色的天鹅绒螺旋着展开。据说这个办法也能让人睡着,可是对我不管用,因为这个办法让我不舒服——我讨厌天鹅绒那种手感。

3. 如果你觉得自己每天睡三四个小时就够了,白天一样精神抖擞,那就不用因为自己比别人睡得少而苦恼。我们睡得少,正好能多做一些事情,还挺幸运的呢。只要记住一点,别人睡觉的时候要保持安静,而且不能做危险的事情,这就行了。

4. 我觉得有一件东西是必要的，反正对我有用，那就是遮光窗帘。

5. 像电脑后台运行发出的声音就足以让你睡不着觉了（谢谢电脑高手赛斯！）。因此，好好检查一下房间里，保证没有什么让你不舒服的声音或者气味。

6. 我们比较喜欢生活有规律，但也不能太过死板，以至于妨碍自己的生活，不过，临睡前走一遍熟悉的程序还是有助于我们安定下来的。我也有一套自己的睡前小程序，现在每天临睡前都走一遍。

7. 进了卧室要做什么，一条条按顺序列出来，这个办法也很有帮助。明确知道自己应该做什么，这种感觉让人很安心，如果你觉得写出来有点傻，那就不必让人知道你写这个。

8. 检查一下，书包装好没有，校服备好没有，作业写完没有（没写完的话，至少要把理由先想好！）。如果是大人，那就检查一下上班的东西都准备好了没有。

9. 有些人（我妈妈就是）难以控制自己的思维，脑子总是转得太快，所以很难安稳下来。睡觉前戴着耳机听听自己喜欢的音乐，这种办法可能会有帮助，能让你的脑袋放空。

10. 如果脑袋里的负面想法很多，一个比较好的办法是写下来之后再扔掉。我知道有些人特别理性，而且特别抠字眼，会觉得扔的不过是那张纸而已，而上面那些负面的想法并没有扔掉，但是我也听说了，这个办法对一些人是有效的。

11. 我要说的是，如果你只是想把自己生气的心情（或其他什么心情）写下来，那么你想写多详细就写多详细，然后把它们从你心里统统清理出去！如果你心情特别不好，特别想骂人，那就把这些不能说出口的全都写下来，之后记得妥善处理就好。这种办法有疗效，只是你要明白一点，这样的事情只能有情绪的时候做，别的时间都不行。

12. 如果是因为还有什么事没做，让你牵肠挂肚地睡不着，那就把第二天要做的事列一个简要的清单。写完之后，可以再重新走一遍睡前程序。

13. 我家有个爱打喷嚏的女生，还有个鼻子比狗鼻子都灵（意思是她嗅觉特别灵敏）的妈妈，所以在我家用不了香薰疗法，但是这个办法好像对很多人都有效。搞个香薰机，放在安全的地方，用点薰衣草这种让人放松的味道，能让你慢慢平静下来。

14. 洗个温水澡，放点精油或者香氛，可能会有帮助，不过我得说一句，往浴缸里放东西来为阿斯孩子助眠，这个主意从字面上看就非常的自相矛盾。你们中有多少喜欢洗澡的？反正我不喜欢。

15. 保健品店里有各种各样的保健品，都说是改善睡眠问题的。我们也试过一两种，比如巴赫花精和缬草精油。记住，处方药一般都是从植物中提取的，所以草药也不是百分之百的安全。要仔细阅读说明书，孩子想要试试的话，一定要告诉大人。

16. 尽量放松。我曾经试过听着舒缓的音乐做放松训练，这个时候要把每块肌肉都想象成独立的部分，先使劲绷紧，然后再放松。应该是从头顶开始做，然后是眼睛还有什么的，等等，之后再往下。我做这个的时候，很快就觉得无聊了，接着就开始胡思乱想，所以我觉得实在太难了。但是，这个说不定对你有效，可以试试。很显然，这需要大量的练习，所以一定要坚持。

17. 按摩也是为了让人放松的。说不定你以后可能很幸运，找到自己的女神（你要是女生，那就是男神），愿意帮你涂按摩油的那种。我知道——在梦里能找到！

18. 你知道生菜可以是一种天然的镇静剂吗？不过我得说一下，我从来没试过在要睡觉的时候嚼生菜叶子。

19. 我知道这么说话有点老气横秋的，但我还是得说：要多呼吸新鲜空气、多锻炼身体，这样有助于睡眠。你得承认我们绝大部分人都比较迷电脑，总是坐在电脑前！

20. 我学跆拳道，这个对我有帮助。等到段位再高点，也许还能学会如何更放松。学点拳脚功夫对我们这样的孩子有好处，这一点我怎么强调都不过分。

如何解决睡眠问题——给各位家长的建议

事实上,我很难给出这方面的建议,因为要具体说哪种方法有效,得看孩子的年龄和能力。不过,我还是想提一点自己的建议,因为我记得自己小时候的事,也看到了妈妈怎么照顾弟弟们,他们都比我小,能力也不如我。我希望这些建议能有帮助。

1. 我记得我前面给年龄大一点的人推荐过遮光窗帘,不过这种东西对小一点的孩子来说更为必要。约瑟夫更是没有遮光窗帘就不睡觉。这些东西非常重要。
2. 房间里有声音会让人心烦,不管什么声音都会影响睡眠。阿斯人士对噪音和气味比普通人要敏感得多。
3. 很多人的体感温度不太正常,这也有可能是睡不着或容易醒的原因。阿斯孩子或者孤独症孩子可能不会告诉你自己觉得热还是冷,但是这并不代表他们不热或者不冷。
4. 要改善睡眠,还有一点是阿斯或者孤独症人士都需要的,那就是把自己裹得紧一点或者盖个重点的被子。妈妈总是开玩笑说她在床上找不到我们。我们都喜欢把自己埋在被子里,裹得紧紧的。她说我们看起来像鼻涕虫似的!
5. 告诉孩子上床之前应该做什么。这听起来好像很简单,但是对于阿斯人士来说,像拉窗帘或者关百叶窗、关灯、上床、躺下、盖被这一系列的程序可不是自然而然就能想到的。

6. 我前面曾经提到过，对大一点的孩子来说，按顺序列个清单非常管用，对小一点的孩子来说，可以用图示，也很有效。如果他们能够通过看图示清楚地知道自己应该按步骤完成哪些事情，那就更容易安下心来。

7. 规律、程序，对于孤独症谱系人士非常重要。玩具没放对地方，或者本来应该先洗脸、后刷牙，但是偶尔先刷牙、后洗脸，这样的小事都足以让他们烦躁不安。妈妈说，我小的时候睡觉之前有很多程序，执行得特别刻板，把灯关了开、开了关，然后再亲亲某些玩具（现在想起来都尴尬！），那些各种各样奇怪的事情，我现在压根就不会去做。

8. 鼓励孩子聊一聊心里想的任何事情，哪怕一小会儿。甚至还可以让孩子画出来，在学校也好、其他什么地方也好，发生了什么不开心的事情，都可以画出来。之后，你可以根据他画的画把这些事都写出来，再让他扔掉，然后明确地告诉他，白天发生的这些不愉快的事情都过去了。

9. 观察孩子白天睡多长时间、什么时候上床睡觉，这很容易观察得到。尽量让他们晚上晚睡、白天不睡，要睡就攒一起睡。但是我得说一下，这个办法对约瑟夫和本都不管用，睡得越晚，他们越亢奋。

10. 我前面说过，对于阿斯人士来说，新鲜空气和体育锻炼是可以改善睡眠的，所以多带孩子出去活动，让他们释放一下精力，这样可能会有帮助。

11. 用精油按摩真的可以帮助孩子放松下来。本和约瑟夫都不能那么长时间保持不动，所以，给他们按摩我真是想都不敢想，但我还是那句话，对于有些人，尤其是小龄孩子来说，确实值得一试。

12. 如果你家孩子和本一样有感知觉问题，那就好好检查一下他的睡衣或者被子，看看上面有没有标签什么的。本隔着两米远就能感觉到标签让他不舒服，他真的很讨厌标签，不管什么地方上有都不行。

13. 不管天气有多热都别指望阿斯或者孤独症孩子可以不盖被子，因为我敢肯定，没有什么东西压着的话，他们没有几个人能睡着。

14. 很小声音地放录像、电视或者音乐，可能会对一些孩子有帮助。不过这种办法对我和约瑟夫都不管用，但我知道对有些孩子是管用的。这会分散他们的注意力，然后就会勾起他们的睡意了。

15. 有的孩子睡着了一会儿然后又醒了，针对这种情况，一般都是说先让他们自己在那里哭一小会儿吧。我知道这不是很容易，但是就一小会儿的话，我想应该还是可以的。我记得我小时候就会哭，这样就有大人来管我，我就能从小床上出来。

16. 如果孩子一直一直哭个不停,那我就不明白为什么不能带他和大人一起睡呢。我知道孩子可能会习惯这样,但是不这样的话,大家都睡不着,明明有办法能睡觉却偏不这样做,我觉得挺傻的。本现在和妈妈一起睡,不过这是因为他太危险了,妈妈要时时刻刻看着他。

我知道我说这些可能是关公面前耍大刀(可以在本书后面查查这句话的意思……我敢说你肯定挺困惑的!),但是我说的这些建议里头,肯定能有什么会帮到一些人。我不像别人需要那么多的睡眠,我到现在也还是有睡眠问题,但是现在比以前改善很多了,我有时候也能睡着了。我醒着的时候,也不会再像以前那样在家里四处乱转,我知道天终归会亮的。

我能对阿斯孩子说的就是,不要放弃尝试,时不时地看看我列出的这些建议。上周不管用的,这周说不定就管用了,或者再过一年就管用了,情况是会变化的。

各位家长,我知道这肯定很难——本有多让人痛苦,我一直看在眼里(我猜我自己也是这样的!),但是我想说的是,我们自己也不想这样,请一定相信我说的话。这个世界令人恐惧,本,还有其他小孩不想被拖进未知的世界里,真的不能怪他们。他还不知道什么叫睡觉,也不知道睡着以后还可以醒过来。至于我,我都十几岁了,我这么酷,当然没有什么害怕的东西……嗯,可能只有一点小小的害怕!

语言和学习

少男少女悄悄话

"她昨天晚上跟那个男生出去了,然后……"

"不可能!"

"真的,不骗你,她告诉我的,那个男生去了……然后她就……"

这是我最近听到的一段"对话"。我姐姐和她闺蜜说的时候,我就在旁边津津有味地看着。我用了"看"这个词,因为你应该也能想象,这种对话里其实没多少内容,基本都是她俩在那翻白眼、甩头发、做鬼脸,然后还叽叽嘎嘎地笑。

我的阿斯战友们,你们觉不觉得对于咱们来说,跟女生打交道是最让人恼火的事了?我敢打赌,女生跟男生打交道的时候肯定也有这样的问题,但是我真的觉得女生的身体语言和面部表情好像更复杂、更难以捉摸。

眼下我顶着一个刺猬头,穿着潮牌,竭尽全力想把自己打造成一个酷酷的少年。在我的内心深处，我根本就不是一个循规蹈矩的人，但是在这个人生阶段，我想做的只有……嗯……吸引几个女生——实际上，只要一个就很好了！对于所有阿斯孩子来说，难以理解语言、肢体语言、面部表情，这是个大问题，是我们的大难题。对于阿斯青少年来说，要破译其他孩子的语言、动作和表情中所隐含的意思比破译古代象形文字还难。

十几岁的孩子有很多很奇怪的用语，而且变化多端。我自己也说这些话，因为我在学校已经习惯听这些了，有些还是挺好的。我说的是"糟透了""麻了""顶呱呱"这类的词。本就经常说"内个糟透了"（在他的语言里，"内个"就是"那个"的意思），我不得不承认这个发音还挺不错的。

我前面提到过，我家三姐妹经常说我"你真是个怪胎"。尽管这种话在大部分人听来都很侮辱人，但她们的说话风格就是这样。在我看来，非阿斯人士有他们自己的说话风格，阿斯和孤独症人士也有自己的说话风格。老规矩，因为我们是少数，所以被误解、被嘲笑的就是我们！

我尽量保持礼貌——我一直都是这样。很小的时候，妈妈就开始教我们要说"请""谢谢"，要与人为善。我不想自夸，但是大部分人都说我很有礼貌，然而我却常常因此被嘲笑。这不是很奇怪吗？显然，在一部分人眼里，一个人有礼貌意味着他可能是个怪胎。跟我年纪差不多的那些孩子，经常莫名其妙地骂人，说话带脏字，反倒好像还挺酷的。

我的意思不是说我就是个圣人，从来不骂脏话。虽然我特别不喜欢骂脏话，但是我得承认，我很生气或者感觉疼痛的时候也会骂几句。我觉得大部分人都会这样，或者即便不骂脏话，也会用一些差不多的词代替。要是有人在疼的时候说了句"我去"或者"我靠"，他们实际上想说什么，大家都知道。"我要！＄＊％#@＊"或者类似的话听起来挺莫名其妙的，好像英语没学好一样，我自己是绝对不会这么说话的。反正我在家要是这么说话，那就摊上大事了。后果就是，我会连话都说不出来，因为一连几个星期我嘴里都会被塞上肥皂①，一张嘴就吐泡泡！

莎拉　绘

我喜欢英语，也喜欢学新词，喜欢说话严谨准确、没有语

---

① 译注：有些父母为了惩罚孩子说脏话，会让孩子嘴里含块肥皂，意思是让他洗嘴巴。

病。我说话有一点很奇怪：我阅读能力很强，也能理解很多单词，但是发音好像经常是错的。你们有人这样吗？我经常因为这个被人笑话。我写这段的时候还在想这是为什么，我能想出来的原因就是阿斯人士根本不关注别人怎么说话，我们掌握的单词大部分都是从书上学到的，书里当然不教你怎么发音了。当然，也可能我想得不对，但是……嗯……我很少错过！

有些词真的很有意思，一句话里换一个词，整句话的意思就变了，特别神奇。甚至重音变了，意思都能明显发生变化，举个例子：

- "**我**干不了这个……"重音放在"我"上面，意思就是"我干不了，但是可能有人能干"。
- "我**干**不了这个……"重音放在"干"上面，意思是"这是不可能的"。
- "我干不了**这个**……"重音放在"这个"上面，意思是"我干不了这个，但是可能能干点别的"。

阿斯战友们，你们觉得这些难以理解吗？我觉得特别难以理解！

总有人告诉我，说我有时候重音不对，话说出来意思就不对了，但其实我也不想这样。这就意味着我经常被别人误解，或者误解别人。总是有人训斥我，说我说错话了，但是绝大多时候我根本不知道我说错了什么，这就会引起很多争吵。我觉得，对于很多阿斯人士来说，要明白语言的微妙之处实在是个难题。这些东西太微妙了，我们好像总是把握不住。阿斯战友们，你们觉得是这样吗？

有人这样要求过你吗？比如"我要和鲍勃叔叔或者多丽丝阿姨（我不是说你妈妈说的人名就是这个，我就是举个例子）聊聊，你去那边待一秒钟①"，但是一秒钟之后你回来了，妈妈却怒不可遏。其实，我想过很多次，最终结论就是：别人是想尽量不伤害阿斯人士的感情，所以对自己的"规则"总是解释得不够明确。妈妈对我说话就非常直截了当，我觉得别人看到了可能会挺吃惊的。她会说："卢克，闭嘴五分钟。"（但是当我计时五分钟之后再开始说的时候，她就叫苦不迭）或者大喊："别烦我！"这样说一点都不会伤害到我，因为我们都有自己的相处方式，我们应该互相接纳。

下面这种场景，你有没有觉得很熟悉？我坐在那里神游……嗯，我不会把我脑子里的秘密和盘托出的，这么说吧，我在那里想事情，这件事比数学好玩多了！突然间，一团黑影压了过来。我抬头一看，是老师，令人望而生畏的老师。他像泰山压顶一般站在我面前，抱着胳膊，汗味混合着须后水的味道，直冲我的鼻子。我等着他出击，突然间他开火了："杰克逊，能告诉我们你现在到底在哪里吗？"②

"我在 E2 班，老师。"我尽可能迅速和礼貌地回答。

---

① 译注：原文"a second"，应译为"一会儿"，作者这里举例子是为了说明阿斯孩子只能听懂字面意思，所以只译了字面意思"一秒钟"。
② 译注：字面意思，实际意思应为"你在那里想什么呢？"原因同前。

他脸气得通红,咆哮起来:"你想表现得很聪明吗?"①

我答道:"是的,老师,我当然想表现得很聪明。"我心想:"这还用说嘛,我们上学不就是为了这个吗?"我心里松了口气,暗想老师总该放过我了吧,可是抬头一看,发现我错了。

他气得呼哧呼哧的,眼珠子都快瞪出来了,脸也变成了猪肝色。"杰克逊,你太没礼貌了,我不会,我再说一遍,我不会再容忍你这样了,你把袜子卷起来②,要不然我就去告诉校长。"

我当时年龄要是再小点,真能像他说的那样弯下腰去把袜子卷起来。我相信约瑟夫肯定能干出来。可我不会,我暗自窃笑了一下,心想:"哈哈,我知道这句话啥意思——就是当心点、老实点,可不是字面上的'把袜子卷起来'的意思。"我终于明白老师是什么意思之后,我露出了灿烂的笑容,然后拿起笔来开始学习。你觉得这事就完了吗?没有!

"有什么可笑的?我跟你说话呢,你怎么不看我?"啊?说话?我没意识到他在说话啊?他好像是压抑住了自己的怒火,变成了生闷气,而此刻的隐忍只是为了一会儿后的爆发。他的脸上阴云密布,在我耳边咬牙切齿地说了一句:"下课之后来找我,留堂一个小时。"

如果所处上述场景,有些孤独症谱系人士可能会大发脾

---

① 译注:字面意思,实际意思应为"你瞎抖什么机灵?"原因同前。
② 译注:字面意思,实际意思应为"你给我老实点,该干吗干吗!"原因同前。

气,或者气得大喊大叫,觉得这样不公平,太打击人了等,这种反应是可以理解的。我猜很多小孩会这么做,可能大一点的也会。但是,随着年龄增长,我们得学会控制自己的情绪,不能反应过激。心里默数10个数,想想高兴的事,算算再熬多长时间就能回家,回家以后给自己一个奖励。我只要想到回家以后可以玩几个小时的电脑,或者玩几个小时的游戏,就可以挺过难熬的一天。

我知道,作为老师,他们应该学会控制自己的情绪,但事实常常不是这样的。我也知道,作为老师,他们应该尽量理解我们,但事实常常也不是这样的。生活就是这样,不是所有时候都那么公平——对他们、对我们,好像总是很双标。我的建议就是尽最大可能遵守规则。

说到规则,我相信所有的阿斯孩子都学过一些规则,学过如何规范自己的行为。下面这些规则,你听说过吗?

- 不要"侵犯别人的空间"——意思是不要离别人太近。
- 不管因为什么,都不要死盯着别人。(不管对方多有魅力!)
- 不要对别人的身材品头论足,不管是好话还是坏话。
- 不要开下流玩笑,不要讲性别歧视、种族歧视的笑话,不要讲黄色笑话。
- 除了家人之外,不要抱别人,也不要摸别人,除非对方同意做你的男朋友或女朋友,而且你们双方都表示认可这种行为。

如果你以前从来没听说过这些规则，那么现在你知道了！但是，我要说"但是"了……但是，看看周围那些少男少女吧，听听他们说的什么。首先，他们不是脑袋挨着脑袋挤成一团，就是杵在别人前面，挺吓人的。然后，他们还对别人的身材品头论足的，说得特别粗俗……这种时候我能说什么?！他们一有机会就开下流玩笑、讲黄色笑话，还动不动就摸别人、搂别人，而对方既不是家人也不是男女朋友。

如果前面说的那些都是规则，那这些男生女生借着青春期的保护伞轻车熟路地做这种事的时候，那些规则怎么好像都没影了呢。我们生活的这个世界多么奇怪啊！总而言之，我还是要说，应该遵守规则，如果别人好像没遵守，你就当作没看见。

字面意思和理性思维

我很小的时候就会用比较复杂的词汇，而且还挺伶牙俐齿的。妈妈说，我曾经嫌弃分小组做游戏"实在是太无聊了"。那个时候我也就 2 岁左右，所以我觉得自己这么说确实挺奇怪的。

这方面本和我不一样，他现在都 5 岁了，才刚开始能说点话，说的话还不太好懂。我觉得这可能就是孤独症和阿斯伯格综合征的一个区别吧。我注意到，自从他说话说得好一点以后，就很擅长模仿别人的语调，约瑟夫也是，但是我就不行，大家都说我说话的语调很平淡，没有抑扬顿挫。可是我已经习惯了，所以我没法评价自己的语调。不过大家也说了，自从我控制饮食以来（不好意思总是唠叨这个话题），这方面已经改了很多了。

本特别特别爱抠字眼，只能按字面意思理解别人的话。就在几分钟前，我说："我的脑袋砰砰响。"① 刚好那时候本的注意力在我身上，他咯咯地笑着，说："不是，不是。"然后就开始晃我的脑袋。我们说话都特别小心，不能说"他把眼睛都哭出来了"② 这种话，类似的话都不能说，因为他会很难过，然后就开始抠自己的眼睛。偶尔有些时候，他会听我们说话，这样挺好的，但是他理解能力有限，所以他在旁边的时候我们说话都很小心，怕把他搞糊涂了。你们和阿斯孩子在一起的时候可能也得注意。

如果我们说了一个本听不懂的词，这个时候刚好手里又拿着什么东西，他就会以为我们说的是这个东西，从此以后就会用这个词来称呼这个东西。大家觉得这样很可笑，但是对他来说就是很不好懂。妈妈教他学东西，指着六边形说"六边形"。但是，那时候她手上刚好还拿着一杯茶，结果现在本每次看见那个茶杯都会说"六边形"。这是一年多以前的事了，到现在他还这么说。很多年前，有个教育心理学家给他做评估，看他

---

① 译注：字面意思，实际意思应为"我头疼死了"。原因同前。
② 译注：字面意思，实际意思应为"他哭得很伤心""他痛哭流涕"。原因同前。

的模仿能力怎么样,人家把一个圆形的塑料压垫(从按摩器那些东西上拆下来的)放在自己头顶上,然后很夸张地打了个喷嚏,那玩意就掉下来了——当然,是压垫掉下来了,不是她的脑袋。本确实是模仿了她的动作,但是从那以后他只要看到圆的、颜色跟那个压垫一样的东西就会模仿这一套动作。

很多人好像觉得阿斯人士说话做事都很荒唐,但我必须要说的是,在我看来,没有阿斯伯格综合征的普通人做的很多事情才是没有道理的。

我的阿斯战友们,恐怕我又要开始唠叨"我记得我小时候怎样怎样"了。请忍着点吧,因为我相信很多看书的家长都想趁着自家孩子还没到青春期的时候多了解一下他们,也多了解一下这些酸甜苦辣。

在别人看来,我们好像不可理喻,原因之一就是阿斯伯格人士实在是太理性了。我前面说过,阿斯人士特别纠结字面意思,所以有些事情,在他们看来可能比较合乎逻辑,但在别人看来可能就未必如此。我碰到过太多太多这种事情了。有一次就是,我好像是丢了,但实际上我又没丢。

 另一个"走丢了"的故事

大概是我五六岁的时候,有一天,妈妈来接我放学。等到最后,校长出来了,满脸焦急,说有话要对妈妈说。她告诉妈妈先别急(我敢说这句话没什么安慰作用),说学校找不到我

了。很显然，老师吓得不行了，而且大家已经找了很长时间。妈妈是比较了解我的思维方式的，她问老师在我不见了之前跟我说了什么。老师说，她就告诉我把文件放回到她桌子下面。妈妈知道我的思维方式，她马上就去桌子下面找我，果然发现我就在那里。

现在该说说我的版本了。里迪老师说："卢克，你能钻到桌子下面（桌子相当大，而我又相当小），把文件放回去吗?"于是，我就照做了，爬到桌子下面，把文件放到了大盒子里。我喜欢躲在什么东西下面，这样让我觉得很温暖，有种安全感。头顶上有东西，或者周围有东西围着我的时候，那个令人困惑的世界就会变得很遥远、很不真实。虽说躲在桌子下面让我觉得非常舒服，但其实我那么做也是因为想乖乖听老师的话。老师没说："卢克，钻到桌子下面，把文件放回去，然后再出来。"她只说了"钻到桌子下面"，没说"再出来"。没有人告诉我应该再出来啊!

妈妈很在意别人说话准不准确、清不清楚。她说话很精确，所以要是我们说她词不达意的话，她就会很生气。她会说："我很会说话，我说得很清楚，我心里怎么想的就是怎么说的。"别拐弯抹角旁敲侧击的，这种说法你们听说过吗?

对有孤独症谱系障碍的人来说，很突出的一个问题就是沟通问题。也就是这个原因，语言才会给阿斯人士带来那么多难题。普通人说话常常言不由衷，总是藏着三分真话，面部表情还那么奇怪，很显然这些表情会改变这些话的意思——就这样他们还说阿斯人士奇怪!

　　直接说"如果你怎样怎样(当然不是指字面意思的"怎样怎样",是指做了什么事),我会感觉很难过,我不喜欢难过,所以请不要这样做了",这样不是很好、很容易理解吗?(当然了,在这个句式上可以有很多变化。)可是大人们,还有大多数人经常是这么说的,"你觉得这会让我有什么感觉?""你不在乎我们吗?""你太自私了",等等,说了半天我还是不明白他们到底想说什么!

　　总是有人斥责我不考虑他人感受,但是不好意思,我确实经常想不到别人是什么感受。我很难搞清楚别人会有什么感受,即便他们跟我说了,也从来没让我听明白过。我觉得对阿斯人士说话一定要清楚明确。

　　阿斯人士的语速通常比较慢,或者语调比较呆板。我是听不出来,但我家那几个女生发现了这个问题,她们说好像很多阿斯孩子都是这样的——当然了,不是所有人,因为毕竟我们不是克隆人!我说话就很慢(这一点让别人烦得不行),但我就是这样的。别人听我讲话听得不耐烦时,我一般察觉不出来,除非他们告诉我,所以这不算什么问题——反正对我来说不是问题。有些阿斯人士只是需要多点时间,周围的人应该耐心一点,明白这并不代表他们大脑迟钝,只是大脑处理起来需要花些时间而已。

家长说话明确,孩子过得开心

有些家长说话简明扼要、表达清楚明确,但是孩子依然过得不太开心,趁着这些家长还没冲到出版社那里提意见之前,我得先说一句,我知道生活没有这么简单!其实我写书没有多少困难,反倒是想小标题挺费脑力的,这些小标题好像就在嘴边(或者手指尖)却说不出来,还像溃疡一样消不下去。多半情况下,起小标题用了押头韵①,是因为我实在想不出什么好名字了(这里也是)。

如果你家有阿斯孩子,不管年龄多大,但凡你觉得不太理解他的时候,就请仔细想想自己说了什么、怎么说的。你真的解释清楚了吗?如果你要求他去做什么,千万不要想当然地觉得他能自然而然地明白你的意思。有些事,在你看来是显而易见的,但是在我们看来就不一定,我们的逻辑跟大家可能不一样。阿斯人士真的希望你说什么就是什么(这样说真挺傻的,就好像还能说什么不是什么似的),不要拐弯抹角。②

我前面解释过,绝大部分阿斯孩子很爱抠字眼,只能理解

---

① 译注:原文"alliteration",押头韵,英文中的一种修辞方法,相当于中文的双声,原文标题中"Precise parents"和"cheerful children"是两个押头韵的修辞。
② 译注:原文"call a spade a spade",字面意思是"把黑桃叫作'黑桃'",所以原文又解释说"as if we would call it anything else",字面意思是"好像能称呼别的似的"。

字面意思，但是随着年龄增长，我们也能学会理解这些模糊隐晦的表达。我们还明白了有些话是什么意思，甚至自己说话的时候也能用上，用得还挺地道。我们和普通孩子的区别在于，这些东西我们得努力去学，而普通孩子自然而然就懂。生活中要学的东西总是比别人多，这确实有点不公平，但是，这就是生活嘛，我们尽量适应就好了——覆水难收，哭又有什么用呢①。看吧，我都说了，这种话我们也能学会，还能用得很地道呢！

如果你家有阿斯孩子，或者你认识阿斯人士，请不要想当然地认为他们会自然而然地明白你话里有话。如果你希望他们能明白，并且觉得这一点很重要，那就教他们。还有些小事，比如收拾房间，也是如此，他们不是自然而然就会，得教。这些事对妈妈来说可不是小事。我们把房间弄得乱七八糟，她真的会很生气。她会走来走去，嘟嘟囔囔的，说什么大家怎么会觉得养了狗就不用自己叫了的②。可是我们家也没养狗啊！没办法，我只好去查这句话是什么意思，妈妈说话的时候，不能问她什么意思，时机真的不对——不过我还是要说一句，她就是叫得凶而已，爱叫的狗其实不咬人。

各位家长，想让孩子收拾屋子，不要用吼的，你得先跟他

---

① 译注：原文"no point crying over spilled milk"是一句英语俗语，意为"牛奶打翻了，哭有什么用呢"，因为后文提到这种话阿斯也能学会，所以译成了中文俗语。

② 译注：意指妈妈抱怨养这么多孩子，自己还得收拾屋子。

们解释清楚"收拾"是什么意思,"整齐"的标准是什么。我知道草草收拾一下应付了事①这样不好(本赋予了这个词全新的意思!)。但是,如果指令很清楚——先把脏衣服捡起来,再放进脏衣篮里,类似这种事情都一一说清楚——那么孩子至少知道有哪些具体的事情要做(然后可能还会像没听见一样!)。

  我就经常在屋子里转来转去不知道应该从哪开始收拾起。这种事很适合用检核表和图表。洗漱、个人卫生这种事也可以用。怎么洗头、怎么洗澡,内衣几天换一次,这些都要解释得清清楚楚才行。当然了,这并不代表孩子们就会是干净、整洁的。哈哈!妈妈又要说了,试试总归是好的,万一成功了呢,如果不解释清楚的话,连一点成功的可能性都没有。我得承认,就算有非常具体的指令,我也不会把洗漱这样的事情排在前面。就我个人而言,我根本就不在乎自己干不干净,也不在乎别人怎么看我,所以我总觉得这种事是花力气讨好别人。这方面我已经在努力改了,原因只有一个,就是我看了自己写的谈恋爱那章的内容!怎么教孩子去适应这个世界,这里还有一些小建议。

1. 你想让他干什么,一定要跟他说清楚、具体。
2. 不要用比喻,尤其是暗喻,除非你能准确地解释这些修辞的意思。

---

① 译注:原文"a lick and a promise",字面意思是"舔一舔答应了",此处意为本又从字面理解语义,做了"舔一舔"的动作,所以作者解释说"本赋予了这个词全新的意思"。

3. 永远不要想当然地以为，随着孩子慢慢长大，他会自然而然地明白哪些行为是对的，哪些行为是错的。
4. 不管跟什么孩子说话，都需要把话说清楚，但是对于孤独症谱系孩子来说，需要说得清楚得不能再清楚才行。从某种程度上讲，他们就好像外国人一样。
5. 钱是多还是少，拿别人东西是对还是错，这些东西都要教。一定要解释清楚，这就是规则。
6. 要告诉阿斯孩子，如果别人的东西被拿走了，他们会感到很伤心、很生气，可以用曾经发生在他自己身上的事情做例子，这样孩子就能对别人的感受产生共鸣。
7. 一定要解释得清清楚楚、明明白白，可以用一些孩子能明白的类比。尤其是拿他们感兴趣的东西作类比，这样可以吸引他们的注意力。
8. 解释的时候，关注孩子的反应，跟他们确认一下，保证他们真的听明白了。

我相信，其他书里肯定有更多关于语言问题的建议，不过我是站在我自己的角度来写的，回顾了过去和现在的种种情况……毕竟……我才只有13岁！

上学问题……

对于任何孩子来说，不管他们喜欢不喜欢上学，学校都像雷区一样，充满各种挑战和新鲜事情。我记得妈妈说过，等我们上学了，每天回到家的时候都会是精疲力尽的，而且脾气还容易暴躁。对于孤独症谱系孩子来说，在学校的时时刻刻都好像会踩雷（孩子们，看到这里别担心，没有真雷——我只是用了个比喻），这个学上得真是非常艰难。

正在看书的阿斯大人们，你们有多少人觉得当年在学校过得挺开心的？如果我好赌，我肯定会押注，赌你们所有人，即便不是所有人，也是绝大多数，都会说"怎么可能开心！"我跟很多阿斯成年人聊过，他们告诉我说，上学时候的记忆，有些是最好这辈子都想不起来，有些是这辈子也忘不掉，因为给他们留下的痛苦实在太深了。可是，这样是不对的，我们这些还身处教育体系之内的人，不管是谁，都应该承担起科普的责任，老师、同学、家长，只要是能有助于改变现状的，我们都要向他们科普。

我上小学的时候，出现过各种各样的问题，遭遇过霸凌，对声音很敏感（我这辈子都不理解，学校干吗非得弄个铃呢，一天响好几遍,把人耳朵都震聋了),搞不清楚自己到底应该做什么,丢三落四,做什么事都慢半拍。阿斯孩子,我猜你们大家都有过类似的问题吧?

学校里的事总是变来变去的。我其实还不算特别刻板,不至于一点变化都接受不了,妈妈也是尽量保证在生活安排上定期会做出一些变化,所以本也不是特别刻板,但是碰到这种事也还是挺难的,比如一进教室却发现老师今天请假了,所以得和别的班合班上课,或者不知道为什么就得把桌子椅子重摆一遍,上学本来就很艰难了,碰到这些事就是难上加难。

学校里什么事都是着急忙慌的,所有人,不管是学生还是老师,好像都有着什么目标,可我一直都没弄明白这个目标到底是什么。我知道我们是去学习的,但是好像还不止这些,比这多得多。这就好像你要开始玩游戏了,但是却不知道游戏规则,也不知道登录密码。

如果有老师、助教或者专业人员正在看这本书的话,请你们一定要明白,对于孤独症谱系孩子来说,在学校的时候应该去哪里、有事情找谁、接下来要干什么,像这些事指望不用老师教,他们就能搞清楚,这是绝对不可能的。如果老师只是说"大家把书拿出来,翻到第 10 页",而没有说"然后回答问题",那么阿斯孩子就不太可能明白还要回答问题,所以批评他们不做功课是不公平的。

我都记不清有多少次了,老师让我们把黑板上的题目抄下来,于是我就只把题目抄下来,其他同学都在疯狂地往下抄,只有我一个人坐在那里耐心地等着老师说下一步应该干什么。过了一会儿，老师在教室里巡视，就像一头寻找猎物的狼，这个时候，我就成了那个不幸的目标，"杰克逊，你坐那里走神呢吗？""赶紧学习"，这些话就会劈头盖脸地朝我砸过来。各位老师，各位助教，拜托你们一定要说得具体一点，告诉阿斯孩子你想让他们干什么。

曾经有个助教老师帮过我，不过那个时候我根本就不明白她帮了我些什么。助教老师们，无论你带的孩子理解能力如何，都应该尽量让孩子本人参与进来，这样他们才能知道发生了什么。

以前还有一个作业治疗师，到学校来给我上课，比如让我练习一只脚站着，或者让我躺在地上抬腿，把脚趾头捏到一起然后再放开，还有让我用沙包投篮什么的。经常是前一分钟我还坐在教室里上课，下一分钟就被带到大厅里和另外几个孩子一起做前面说的那些锻炼。但是，从来都没有人告诉我这是为什么！比起上课，我其实还挺愿意做这些的——哪个孩子会不愿意呢？问题是这也太折腾人了，刚刚适应了一项活动，突然又要换下一项活动。

我知道我又唠叨了（我特别能唠叨，我家那三姐妹肯定会这么说的！），但我还是要说，帮助孤独症谱系孩子关键就是时刻保证清清楚楚地告诉他们事情是怎么回事。真的，怎么强调都不过分。在阿斯人士的一生中，这一点应该贯彻始终。如果你给他们解释的时候，觉得用的词过于简单，甚至都有点侮辱他们的智商了,那么这种解释才真的会有帮助。对我而言,只有明确地知道发生了什么、为什么会这样,我才能松口气。各位阿斯战友们,一定要把这些话告诉老师和助教们。

阅读、写字和算数

阅读

有些孤独症谱系人士在很小的时候就能学会阅读,甚至都不用人教。这种情况称为高读症(hyperlexia)①,我对这个一点都不了解。妈妈和奶奶提起过我叔叔科林,听起来感觉他应该就是这种情况。他还没上学,就能很流畅地看报纸之类的东西。如果现在给他做评估的话,很可能会跟我一样确诊为运动障碍。他到现在还不会骑自行车,也不会系鞋带,听妈妈说,他一直都笨手笨脚的。他现在是一家通信公司的董事,人超级聪明,大家都喜欢他,所以如果我的基因(我指的可不是蓝色牛仔裤②)是从他那里遗传的,那我还是很高兴的。

我大哥马修有阅读障碍。孤独症孩子有这种情况好像比较常见。他总是把单词搅和在一起,不管拼读什么都很费劲。妈

---

① 译注:高读症,又译阅读早慧症,儿童在单词认读方面表现出超强的能力,但在言语理解方面有明显困难的一种学习障碍。
② 译注:原文"the denim ones"指的是"the denim genes",有两个词义,一为牛仔裤品牌,也泛指蓝色牛仔裤,二为蓝脸症基因,因患者脸色与牛仔蓝同色而得名。

妈花了很多钱给他请家教，希望有一天他能开窍。可是这个窍一开就是三年，最后妈妈终于意识到是开不了了。现在有那种带拼写检查的文字处理工具，还有专为阅读障碍人士准备的字典，各种各样的东西都能帮助人们应对这个问题。还有一种眼镜，叫伊尔伦有色眼镜①，据我所知也对很多人有帮助。就这个话题我不打算多说什么，因为我没有这方面的问题，所以只能基于对马修的观察，自己再稍微了解一点。顺便说一下，普通中等教育证书考试，马修已经考过了七门，还有一门相当于A级的课，他也马上就快修完了，这就说明即便有阅读障碍，也是可以做到的。虽然不是一帆风顺，但最终还是完成了。

我不像科林叔叔那样很小就会自己看书，但是我小时候在阅读这方面确实有点问题。学校给我提供了很多额外的帮助，但还是不管用，我连字母都记不住，换个词就不认识了。不管是谁，不管怎么教我，好像就是不往我脑子里进。7岁8个月的时候，有个教育心理学家给我做了一个评估，但是因为我压根不读，所以就没测出来我的阅读能力处于什么水平。第二天，学校给妈妈打了个电话，让她去一趟。

妈妈告诉我说，当时她特别着急，因为一般来说，学校来电话就意味着我又大发脾气了，但是当她赶到学校时，发现是老师有些事情迫不及待地要告诉她。学校有本《仲夏夜之梦》，

---

① 译注：伊尔伦有色眼镜，一种没有度数的有色镜片，以发明者海伦·伊尔伦命名，据称可以过滤某些过敏光谱，缓解视觉超载现象，但是目前尚没有实证研究表明对于阿斯伯格综合征个体有效。

是老师用来讲怎么写戏剧的,那天我就那么随手拿了过来,打开,读了起来,读得很流利。是不是很奇怪?!我不知道这种情况是不是也有个什么名称——"不认字但是突然间就会看书症"?怀疑这也是病那也是病是疑病症(hypochondriasis)[①],不认字就会看书是高读症,这两个词前缀意思正好相反,所以这两者也许还真有点关系。

那天,那位教育心理学家又来给我做了一次评估,因为她对此也很感兴趣。测完以后发现我的阅读水平相当于14岁10个月的孩子。我现在只有13岁,阅读水平相当于17岁9个月的青年。他们是怎么测出来的,我一点都不懂,不过我觉得只要是心理学家看了都会懂。我真希望有心理学家看这本书!

我希望这件事能给家长鼓鼓劲,就算孩子好像怎么也教不会,也永远不要放弃。我给妈妈和学校的解释是:有人在我脑子里点亮了一盏灯。这种情况在各个年龄段、各个方面都有可能发生,所以永远不要放弃努力。现在我看书看得很多,光这学期就看了45本,在学校还被评为阅读之星,这奖拿得也太容易了!我一晚上就看完了《哈利·波特与火焰杯》。现在,到了晚上我就得把脑子里的那盏灯关了,否则我就会一直看书、一直看书,总也不睡觉。怎么会变成这样的,真是很奇怪。

书籍引领我走向另一个世界,在我难过的时候为我加油,

[①] 译注:疑病症,是以担心或相信自己患有某种严重躯体疾病或身体畸形的持久性观念为主的神经症。

让我笑，让我哭，令我为之恐惧、为之颤抖。一本好书，应该让人着迷，让人一口气从头看到尾。我不知道我的书是不是能让人着迷，毕竟我写的不是小说，但是我会尽量试试。

关于如何教阿斯孩子认字，恐怕我给不出什么像样的建议，因为我学认字的过程实在太诡异了。不过，我知道孤独症谱系人士对视觉信息的反应更为灵敏，他们更倾向于把字词当作一个整体记住，而不是学着去"建构"字词。根据发音拼单词，这个我一直都没掌握。约瑟夫也不会这个，但是他和我恰好都是在同样的年龄开的窍。本基本是不认字的，甚至连数数都不会，也不认识字母，但要是他也能在同样的年龄开窍，那就好玩了。

正在努力教孤独症谱系孩子认字的老师和助教们，如果实在是什么办法都不好用的话，那就让他们自己待在房间里，再留一本他们可能感兴趣的书吧。可能他们的脑袋里也有需要去"点亮"的东西。对于大部分阿斯人士来说，学东西或者做事情的时候，亲自尝试并且沉浸其中才会更愿意去学、去做。

有一次，我们想要教本学会怎么用鼠标，还演示给他看，移动鼠标，屏幕上的光标就会随着移动，但是什么招都用了，他就是学不明白。凌晨3点的时候，妈妈累得不行了，躺在沙发上歇了一会儿，剩他一个人坐在电脑前面，他居然就自己鼓捣明白了。现在他鼠标用得非常好，能搜索自己喜欢的网页，还能发电子邮件（尽管邮件内容只有"44444"——这是他最喜欢的数字），能做很多人都不会做的事。

有一件事我一直做不来，那就是看图说话。我觉得这种要求特别傻。我还记得有一次做评估，教育心理学家画了一个小人，然后让我说说这个人在干什么。我特别鄙视地告诉她："喊——哪来的人，这不就是笔和纸嘛。"在我看来，提这种要求，就好像让人画画，但又不给笔，也不给颜料一样。

不过，我必须得说一句，并不是所有阿斯或者孤独症孩子都一样。我就知道不止一个阿斯孩子的想象力超级丰富，简直天马行空。我认识的这个孩子叫山姆，跟约瑟夫很像，他俩都是在我们那里的运动会（我们本地的残障人士运动会，在黑池体育中心举行）上疯跑的孩子。上一分钟他们还像鳄鱼一样在地上爬来爬去抓别人的脚腕，下一分钟就从椅子上翻过去，变成了猴子。请注意我这里没有说"假装猴子或者鳄鱼"——他们不是假装，而是好像真的把自己当成猴子或者鳄鱼。自从认识山姆以来，他的性格就变化多端，搞得我都不太确定我们是不是认识真正的他。

作家玛丽莲·勒布雷顿的儿子杰克也有孤独症，他的想象力也超级丰富，很多个晚上，玛丽莲都不得不亲自扮成一个超级英雄，就是为了配合杰克演戏（玛丽莲，我的意思不是说你不是个超级英雄哈）。我觉得，面对孤独症或者阿斯孩子的时候，老师和医生在这一点上会觉得有点困惑，因为大家都觉得这样的孩子是没有想象力的。我的想象力确实是很有限，我一直都很实际，不过总的来说，我觉得阿斯孩子是有想象力的。各位阿斯战友，你们同意我说的吗？

有没有想象力,似乎取决于他们进行角色扮演的时候有多投入,这又跟程度有关。① 阿斯或者孤独症孩子好像总是走极端。我曾经见过约瑟夫和山姆演得极为投入,并且坚持要求所有人都跟他们一起演。我知道杰克·勒布雷顿也是这样的。我觉得这种过分活跃的想象力其实是一种逃避。最近,本开始"演"狗了。他总是汪汪地叫着,还用嘴叼着东西爬来爬去,他感到紧张的时候好像就会这样。

所有这些都表明,这些诊断是互相交叉、彼此关联的。莉萨·布莱克莫尔-布朗写了一本书,名字叫《解开孤独症之谜》(*Reweaving the Autistic Tapestry*),里面谈到这些病症错综复杂、彼此关联。有阿斯伯格综合征的人可能还会有注意缺陷多动障碍,有注意缺陷多动障碍的人跟阿斯人士可能有很多相似之处,但是他们多动比较明显,而且有注意力问题——类似的情况还有很多。我说过很多次了,没有两个一模一样的人,不管他们有没有阿斯伯格综合征。

那些不喜欢学认字,对看书也不感兴趣的阿斯孩子,我这里有几条小建议。我知道这么说很自相矛盾,因为如果你们看到这些话,就说明你们已经会看书了,那么这些小建议就没有意义了。

我的同龄人们,我猜你们现在已经很不耐烦了,但是请尽量忍一会儿,想一想你小时候感觉在这个世界上无所适从的那

---

① 译注:前文提到特殊兴趣的时候,作者说过阿斯孩子跟普通孩子不一样的地方就是投入程度。

些时刻,那是一种什么滋味(比你现在难受多了!)。

阿斯孩子或者孤独症孩子的家长们——你们能不能把这段话读给孩子听呢?可能会对他们有帮助的。

1. 孩子们——要是你们不学认字,真的会错过好东西,一旦开始读书,你们就会喜欢上书的世界。
2. 别人教你的时候要仔细听,就算不懂也不要神游,不要摆弄东西。
3. 反复告诉老师或者家长,你没听明白。
4. 仔细看那些字词的形状,尽量记住它们的样子,还有它们的意思。
5. 有些书有很多插图,可以看看,挑那些看起来有意思的看。一定要明白,那些字和你看到的图是有关系的。
6. 不要总是坐在电脑前面,也不要老是摆弄那些宝可梦卡片,请妈妈或者其他家人给你找一本讲电脑或者宝可梦的书,简单一点的,看一看,要知道这些书,还有里面的文字能帮助你更好地了解你喜欢的东西。
7. 让身边的大人都走开,自己一个人好好看看这些书,使劲回忆一下你学过的那些东西,字母是怎么发音的、单词是怎么构成的。
8. 放松下来,享受看书、看图,享受别人给你念故事的时光。总有一天你自己也可以做到。

祝你好运。说不定很快你就会因为看书看得太多惹上麻烦呢。① 大人们啊，总是这么不知足！

写字

写字是我觉得特别难的一件事。握笔让我觉得手疼，我脑子里想的是一码事，写在纸上就是另一码事。这曾经让我特别抓狂，因为我经常用了一大堆纸，却写不了几个字，最后搞得一团糟，只好扔掉。画画也是这样。我觉得我比较追求完美，但是我的字可一点都不完美。

如果你家孩子或者你带的孩子这么做的话，你可能会觉得这是浪费纸，但是我想这种事恐怕只有一个解决办法，那就是买点便宜的纸。有一笔写错了，这个错就摆在那里，直勾勾地看着你，这种情况下，是不可能接着写下去的。可能你会建议把纸翻过来用背面写，但是练习册肯定就没法这样。

我现在在学校用上了文字处理工具，这样就容易多了。我知道，不管怎么说还是要会写点字，但是有那么多医生和专业人士的字写得都那么差呢，所以写字工整应该也不是那么重要。妈妈写字像小孩写的一样，她非常讨厌写字，但她还是拿了个学位，还有各种各样的资格证呢。

家长们，要是孩子写字特别慢，写作业很痛苦，那么给他买个文字处理工具，这个问题可能就解决了。理想情况下，学校是应该提供文字处理工具的，要是有老师在看这本书的话，请你一

---

① 译注：意指因为看书太多被大人训。

定理解，这一点是很重要的，这不是懒。大部分阿斯孩子面对电脑的时候比面对人时从容多了，所以用笔记本电脑或者文字处理工具能让他们的功课做得更快更好。要是你拿不准的话，那就给他们个机会，让他们证明一下，他们会给你惊喜的。

阿斯孩子们，看到这里，可不要以这个为借口就不再练字了，因为将来生活中还是需要写字的，但是用这些工具能让你的生活过得轻松点。有人担心用了这些东西会显得跟别人不一样，会遭人笑话，我觉得这样想倒是很奇怪，我敢打赌，你用不用这个都显得和别人不一样。请记住：你很特别，这其实很酷！

算数

我这里指的其实不是算数，而是数学这个比较大的范畴。我在这个话题上面没有什么发言权。我小时候数学很差，现在也是勉为其难。我在这方面实在没什么天赋，但是很多阿斯孩子很擅长数学。数学好像就是这样，要么很出色，要么很不行。（我觉得这么说很傻，因为这句话其实适用于生活中的绝大多数事情。）

很多阿斯孩子喜欢拉丁语、德语，当然了，肯定还有信息技术（简称 IT）。总的来说，可能有些科目确实很适合阿斯大脑，但我们毕竟不是克隆人，每个人的优势和弱势都各不相同。除了电影《雨人》(*Rain Man*)[①] 里的主人公雷蒙，不是

[①] 译注：美国电影，主人公雷蒙有孤独症，记忆力惊人，过目不忘，心算速度不输计算器。

所有阿斯伯格综合征人士都有他那种神奇的计算能力——我倒是希望自己有！

作业就不用说了

其实我真不愿意提这个话题——说实在的，我想都不愿意想，做就肯定更不愿意了！阿斯孩子们，你们不是这样的吗？但是，因为看书的人要么跟我同为天涯沦落人（我知道——你没有沦落），要么你家里有孩子和我是一样的情况，或者你带的孩子和我一样，所以我怎么着也得说几句。如果你是老师，那么我说的话你可能不爱听。

首先——我们上学是去做什么的呢？呵呵……做作业啊，还能是什么？我知道很多人会说还有培养合作意识，训练社交技能，提高组织条理性什么的，我在前面已经说过我对这个问题的看法了，但是总的来说，在学校里最主要的还是学习，我们上学就是去做作业的。

我这么说可能有点傻，要么就是我们这边的学校可能跟其他地方的学校太不一样（但我在网上问过其他地方的人，我知道其他地方也一样），老师讲完课以后，会让我们拿出作业登记本，把课上没完成的作业记下来。如果老师没这样要求，我们就做练习，比如练习7的第1到19题。对，你猜到了吧……所有这些都不是学校教材上的东西。本来在学校很容易就能做到的，却让我们回家上网去查。总而言之一句话，"家庭作业"和"学校作业"其实是一模一样的——唯一的区别就是要在家做。

为什么会是这样的呢？我觉得是因为这个世界上到处都有不可理喻、不合逻辑的事情。当然了，如果我们就是有一定量的作业要做，那么学校是做作业的地方吗？我们上学难道不是为了学自理自律，或者考验我们是不是能自主学习的吗？如果你是这样想的话，那就大错特错了，因为学校的上上下下都知道，我们是有可能找人代写的。老师甚至告诉我们不会的时候可以找家长，可这对我们有什么好处呢？

老师说，他们要做的就是帮上学的孩子为那些大考做好准备，因为这些大考对他们未来的人生很重要。如果你接受了良好的教育，拿了很多文凭，还拿了很多 A，那么毫无疑问，你将来就能做自己想做的工作。这些话是不是特别耳熟？说服你了吗？让你相信做作业是必要的了吗？我想应该没有说服你吧——也没说服我！如果做这些作业的目的是让我们学会这些东西，为什么还要让我们自己做那些作业呢，这合逻辑吗？如果每天晚上都得做一个半小时的作业，那为什么不延长在校时间呢？为什么不把午休时间弄短点，也省得让我们到处闲逛一个多小时，不知道自己该干吗了。

我怀疑是不是因为老师不想工作那么长时间，或者甚至是政府不想付那么多工资。老师们的工作时间越长，应得的工资就越多，所以让我们回家做作业的话，就不用付那么多工资给他们了。那我们算不算童工呢？我早就觉得这一切应该改改了！

我认为在家的时间就应该是名副其实的在家时间——家庭时间。去学校上学是不得不去的。法律规定我们必须去学校上学，或者至少接受某种形式的教育。我在后面谈了这个话题，你们大家一定要看看，很重要。不过这里我还是假设大部分人都得去学校上学。

上学对任何人来说都不容易，要背诵很多东西，整理很多东西，还要学会很多东西。对于没有障碍的孩子来说不容易，对于阿斯孩子或者其他障碍的孩子来说，就更不容易了，因为我们还要应付其他事情，而这些事情是普通人自然而然就会的。我相信，没有人会要求一条腿的人处处都跟上两条腿的人，但是很多人会要求阿斯孩子在学校处处都得跟上节奏，不给任何照顾。我知道我这么说话好像个不讲理的小孩，但是我还是要说：这一切真的很不公平……我在这里跺脚、噘嘴呢！

很多时候，我上一分钟还知道自己应该干什么，下一分钟就想不起来了。我很容易分心走神，别人眼里重要的事情，我可能不觉得重要，反过来也一样，我认为重要的事情，别人可能觉得不值一提。对于有注意力问题的孩子，真的真的太难了。约瑟夫经常一扭头就想不起来别人跟他说什么了，所以他怎么可能记得住留了什么作业呢，他可能都不记得有作业这回事。要是没人提醒，他都想不起来要往作业登记本上记，就算记了也经常忘了把书包或者登记本带回家。

到家以后，他坐在桌前开始写作业，面前一大堆要做的东西。这个时候，他会不停地站起来又坐下，还一直玩铅笔，根本坐不住。最后妈妈很生气发起火来，大声嚷嚷着："有没有人能帮约瑟夫做一下作业？"于是，有人过去接盘。这种情况反复上演，每次都得折腾好几个小时，一点都不夸张。可怜的约瑟夫，他真的很努力了。我真的很同情他，他是真的竭尽全力了。

每天放学回家以后，约瑟夫都喜欢在客厅里上蹿下跳的，像个猴子一样尖叫，还假装小矮人。他还在客厅狂跳兔子舞，把膝盖弄得青一块紫一块的。其实就是过剩的精力无处发泄，所以妈妈一般就是随他疯闹一会儿，然后大喊"差不多得了"，这时我们所有人才能松口气。我跟约瑟夫正相反。我喜欢坐在那里看书，或者最好是能玩游戏或者用电脑。出于某种原因，妈妈很看不惯我这样，我们之间的对话经常是这样的——"你没作业吗？""啊，等会儿，我看看！"然后我就拿出作业登记本来，煞有介事地看上一眼，说"没有，我在图书馆做完了"或者"有，不过是下周才交呢"。我不这么做可能就会摊上大事，可是我也没办法，因为我经常是拿出登记本后才发现我什么都没记！

老师让我们记作业，可是我根本就跟不上他说话的速度。我经常是忙着收拾书包，一边收拾一边琢磨我一会儿要去哪里做作业。有时候我确实记下来了，但是写得实在太潦草，根本看不出来或者看不懂记的是什么。

那如果就是有作业应该怎么办，怎么才能做得轻松一点呢，我觉得大家可能希望我就这些问题提点建议。不得不说这可把我难住了，因为这让我有种不太好的感觉，我自己都觉得不对的事情，我还要应承下来，甚至还要推波助澜。就我个人而言，家就是家，学校就是学校，这两者是不能混为一谈的。那么，我的建议是什么就很明显了。如果就是有作业，该怎么办呢？首先，也是最重要的，就是直接找校长提意见……嘻嘻。可别真的这么做，要不然你就惹大麻烦了。我有种感觉，好像我是帮着阿斯孩子逃避写作业，但是却让我们大家都陷入了困境，所以，这里给出几条小建议，能稍微缓解一下（只是稍微缓解一下而已！）。

做作业——如果不得不做的话，要怎么做才能收益最大化呢

1. 尽量把作业安排在晚餐时间之前做，在图书馆做，或者在学校做完再回家。这个办法对我最管用，毕竟我们做的是学校作业。
2. 要是没办法在学校做，那就试试能不能跟别人互换地方，你到他家做，他到你家做。我发现只要不在家做就行，在哪里做都比在家强。
3. 要是只能在家做，那就先深呼吸一下，告诉家长监督你，不做完作业不能干别的（当你不想让他们监督的时候，就等着吵架吧）。

4. 专门布置一个"写作业"的地方，确保没人来打扰你。
5. 想办法把做作业这件事和自己的生活规律结合在一起，而不是坐在那里愤愤不平，觉得自己是被逼无奈。
6. 想着自己是在复习学过的功课，而不是学校作业没做完带回家。这样想的话，心理上更能接受一点，因为不管怎么说，考试之前也是要复习功课的。老师能做的只是教，不是替我们学。

不要安排太多的体育活动

要是能让教我们体育的老师明白阿斯孩子的特质以及我们在体育游戏活动中遭遇的困境，哪怕只是一位老师、哪怕只明白一点点，我都会觉得美上天了，这本书就算没白写。（哈哈——我真是越来越乖了！）各位阿斯孩子们，一定保证要让体育老师看一下这段话，你给他们看也行，让家长给他们看也行。

我说了很多遍了，每个人的情况和特质都不一样，所以可能会有例外，但是我觉得应该不会很多。绝大多数阿斯孩子是真的很头疼体育——我们真的不是懒。我从来就学不会踢足球，凡是团体类的体育活动都不行。我讨厌这些活动，我会想尽一切办法逃避这些活动。这么做是有原因的，我的动作协调能力不好，接球、投球、踢球、运球这些，我都不太擅长。好吧，我说实话……接球、投球、踢球、运球这些，我通通不行，完全不行——光是控制手脚就够我费劲的了！

分组的时候，我哪一组都进不去，大家都知道我在团体类体育活动中的表现有多差，所以哪个组都不愿意要我。每次体育老师让我们"分一下组"，我都会听到那些熟悉的叽叽喳喳、嘀嘀咕咕，每当老师随机给我指定一个组，准会有人跳出来说："老师，我们组必须要他吗？"或者"不行，我们不要他"，每次都是这样，就好像我是一件没人要的行李，大家都不愿意费劲拿。我告诉你吧，这种情绪是双向的——他们不愿意要我，我还不愿意加入呢！

我这么讨厌团体类的体育活动，还有一个原因，那就是看着大家东跑西颠大喊大叫，我觉得乱糟糟的。我分不清这些声音从哪里来的，也分不清是朝谁喊的，所有这些都让人晕头转向，而且还很令人害怕，真是不好意思，这么说好像挺懦弱的（不过我现在是个酷酷的少年，当然不会再这么说了！）。等我好不容易搞清楚我应该怎么做或者应该朝哪里跑的时候，他们又开始干别的了，然后大家就笑话我又做错了。我从来都没想明白到底是错在"哪里"了，不过不管是"哪里"错了，都没什么意义——至少在我看来是这样！

在球场上追着个球东跑西颠的，在我看来挺无厘头的。打篮球，或者其他类似的体育运动也一样，这些人跳起来抢球，球都没抢到，还有人鼓掌欢呼什么的。真是太奇怪了！就是在这种时候，我会觉得自己好像真是从外星球来的，而且说实在的，我更喜欢我的星球。送我回家！①

---

① 译注：电视剧《星际迷航》（*Star Trek*）中的台词，面临危险时，发出这个口令就可以"瞬移"回到星舰。

人们花几百万英镑供那些球员到处踢球，就为了看他们踢球，还从一个国家追到另一个国家，世界上最大的霸凌团伙——就是足球流氓——好像还把足球当成一个大规模霸凌别人的借口，这一切都是借着看足球的名义。真愚蠢，愚蠢透了。

我现在上中学了，这种运动问题就更严重了。我上的是私立中学，在这里好像大家都应该喜欢说橄榄球或者高尔夫才行。好吧，吼吼吼……我还不如去看蚂蚁搬家呢。真的，一点也不夸张。一想到要运动，我就浑身难受。第二天有体育课的话，我前一天晚上都别想睡着觉。那是我最可怕的噩梦，随着这个噩梦越逼越近，我都没办法集中精力听课。等到上体育课的时候，我真的会因为焦虑而恶心头疼。当然了，也有人告诉我说，我可以逃课，或者就当没有这回事。这是我在学校里最难熬的时候，我为了不去上体育课简直是绞尽了脑汁。

身体距离

我写这个，纯粹是因为有人告诉我说我在这方面做得有问题。如果真是这样的话，那我在体育活动中表现得那么差，应该和这个有很大关系。如果我无法判断我的身体在哪里，那就很有可能没法判断身体和球的关系。我前面曾经提到过，有些事情我真的是很难搞清楚。各位阿斯人士，你是不是经常听见别人挺烦躁地喷喷地说"让一下呗"或者"别贴着我"这种话？这种措辞当然还算礼貌的，其实更常见的是"怪胎，滚远点"。

总有人告诉我，说我不管是坐着还是站着都跟别人靠得实在太近了，还总是像个尾巴似的跟着别人。不光是妈妈或者莎拉那种特别讨厌别人离自己太近的人这么说过，还有其他人也说过，显然，我确实离别人太近了。我们要认识到，这可能是个问题，除了这个，我也提不出什么建议。如果有人告诉你，你离人家太近了，那么就要搞清楚站得多近是可以接受的，在学校一定要保证不要离别人太近。如果你离同性太近，他们会说你是同性恋，如果你离异性太近，他们会说你对人家想入非非。所有这些事情都很难搞清楚，但是如果阿斯孩子知道不是只有自己才有这种困扰，那么可能会好受一点。

写给体育老师的话

我能说的就是请不要再折磨我们了。如果哪个学生有阿斯伯格综合征或者运动障碍，那么你要知道他们绝对是真的很难（用"难"这个词都太轻描淡写了）学好这门课。反正到毕业的时候我们肯定是成不了足球运动员、橄榄球运动员或者其他运动队的一员的，那就发掘一下我们擅长的部分，想办法在这方面帮帮我们，这样不也挺好吗？

如果有人总是把自己的运动包丢了或者忘了（哎呀……我可不是说我干过这种事），或者经常胃疼、头疼这疼那疼的，那么极有可能是他在逃避体育课。我知道，我说的这些都是明摆着的事情，这些你应该早就知道，但我只是想让你明白为什么会这样。确实是有那么一种可能性,他们真的就是不舒服(我不知道这个说法是从哪里来的①),但是可能性不大。

让人参加小组体育活动,并不会让他突然间就变成社交达人或者运动健将,这一点还请理解。实际上,你要是觉得有什么事情能瞬间消灭阿斯人士的社交沟通困难,那才是很愚蠢的想法。这就好像是说,一位盲人拿着本书在眼前,只要拿的时间够长,总有那么一刻他们就能看见一样。如果你还是有点不信,那就亲自试试吧,戴上耳塞和护目镜参加小组体育活动,并且只能用自己不惯用的那只手或者脚,接球或者踢球都行,试试感觉如何。我们一直都是这么过来的。是不是很难?

我知道,可能很多人一天到晚都窝在沙发上不起来,也不怎么运动。我也知道,让大家进行体育活动,是你的职责所在。我的意思也不是说让你告诉那些逃避体育活动的学生都去玩电脑,毕竟你是体育老师。而且,我也能理解这其中的道理,你是担心玩电脑会让人变懒,影响健康。这样下去,我们这个社会将会有很多不健康的人,这种风险确实是存在的。

可是,阿斯人士在跑步(还记得《阿甘正传》吗)、攀岩这种单人运动项目方面还是比较擅长的,实际上,只要不是需要太多互动的活动就行。要是学校有体育馆的话,那么别人踢足球或者进行团队类体育活动的时候,是不是可以允许阿斯人士去体育馆呢?我知道这样的建议感觉好像是劝人放弃团体类

---

① 译注:原文"under the weather"的字面意思是"在天气下面",作者想表达的是为什么"在天气下面"可以用来表示"不舒服"。

体育活动，但是，相信我，在这方面我们确实就只能放弃！我们的障碍就摆在那里，这是公认的，而所有这些问题都是障碍的一部分。这个障碍也是我们的一部分，所以请理解我们，如果可能的话，也请尽量帮助我们。

我不知道其他阿斯人士怎么样，但就我来说，直到现在，只要一想到运动，我都会立马没了精神，心也忽地沉下去，所以我得换个话题了，否则我就会难过得写不下去了。各位体育老师，我希望你们能明白这些。如果你们已经明白了，那真是十分感谢！

非得上学吗？

我前面曾经提到过，很多阿斯和孤独症人士在学校都过得非常艰难。看到这里的阿斯孩子，我猜如果你们知道不是只有自己才有这种感觉，可能会觉得好受一点。

本在特殊学校读书，这对他而言是一个很好的选择。从目前来看，他在特殊学校里过得很好。很明显的是，他现在已经完全不再乱脱衣服了，而且大多数时候也能直立行走（他觉得没有安全感的时候还是会爬着走），所以他在学校里肯定是感觉比较自信才会这样的。不过，我经常琢磨将来怎么办。如果他的智商发展了，不再符合特殊学校的标准，去了普通学校，动不动就打铃，来回换教室[①]，教室里回音嗡嗡响，人声

---

① 译注：英国中学实行走班制。

也很嘈杂，有时候为了播放视频突然就关了灯，这一切，他能受得了吗？所有这些，他都应付不来。

这么看的话，如果你的孩子上的是普通学校，那就写一封信给学校，告诉他们，你想给孩子办理退学。（阿斯孩子，把妈妈的签名准备好！）如果孩子上的是特殊学校，想要退学的话就得给当地教育部门写信，征得他们的批准。当然了，这只是英国的情况，但是我确实知道在很多国家都有孩子在家学习。

现在有很多人选择在家学习，也有越来越多的孤独症孩子的家长选择让孩子这样做。我以前觉得这是违反法律规定的。我之前还以为如果选择在家学习，那就得请个家教，再让人把考试卷送到家来——但很显然不是这样的。教育方案的设计应该是为了适应孩子的需求，而不是非得把孩子塞进全民教育的条条框框里。

在家学习对我来说是全新的概念，我觉得这对那些不适应学校教育的孩子来说真是太好了。对有些人而言，学校教育就像是非要把方形的钉子钉进圆形的孔里一样。目前，对我而言，这个孔（学校）为了适应我的需求已经稍微变形了，而我这个方形的钉子也尽量地磨平了棱角，所以更确切一点的描述应该是：一个圆不溜丢的方形钉子想方设法把自己挤进了一个里面不怎么圆溜的圆孔里。我在私立学校上学，我觉得这也是现在稍微轻松了一点的原因。

要是早几年，我可能会说我永远都适应不了学校，不过要是情况真的那么糟，还能有别的出路，我会很高兴的。眼下，我也只是做我该做的，一节课一节课地上，然后盼着回家、盼着周末。我觉得我应该能拿得到毕业证，也能够过得不错，但是我永远都没法说我真的喜欢上学。有人喜欢吗？不管怎么说，至少我还变了点，从非常讨厌上学变成不怎么喜欢上学了。要知道这算是个不小的变化。如果情况又变糟了，而且没法解决，那么也还是有其他出路的。知道还有其他出路以后，我煎熬了好多天。我觉得那种感觉就像有些人本来能戒烟，但是偏偏手头又有支烟以备不时之需一样。虽然不去碰，但是一直在。眼下我是觉得我应该会在学校继续上学，但是谁知道呢。

其实出路一直都有，有本书叫《孤独症谱系孩子在家学习》(*Home Educating Our Autistic Spectrum Children*)，只是很多人没意识到这也是一条出路。我希望越来越多的人能明白这一点，这很重要！

遭遇霸凌

我的亲身经历

我这辈子一直都在遭受霸凌。当然了，我的意思并不是说时时刻刻分分秒秒，但至少是断断续续的，是在学校的时候，不是在家。下笔写这一章的时候，我其实又沮丧又难过，因为那些经历真的让我很痛苦，所以我希望好歹对你们有点帮助。我觉得把这些事情写下来，能让我下定决心，以后再有这样的事情绝对不会轻易放过那些进行霸凌的人。如果你正在遭受这些，那么一定也不要轻易放过。

我到现在都记得去幼儿园（我以前管那里叫粉红游戏组）都是我爷爷接我回家。我记得大家都穿着傻乎乎的制服，还戴着特别大的帽子，我可讨厌穿戴那些东西了。我还记得其他孩子总是笑话我，而我经常尖叫着把别人推开。那是我对于霸凌的最早记忆。我那时候就觉得自己跟别人不一样。

上学以后，我总是很难搞清楚状况，但是有一件事我确实清楚，那就是绝大部分孩子都对我很不友好，我从来都不明白这是为什么。那个时候学校里的一切都很吵，我也不明白为什么。在第一所学校里，有一群男孩常年欺负我。不管学校如何惩罚他们（不得不说，那点惩罚也不算啥），不管我和妈妈通过什么途径、采取什么措施，他们还是没完没了地欺负我。他们经常对我连推带搡的，还骂我，反正就是不让我好过。其中有四个孩子最过分，好像他们的毕生使命就是惹我生气、让我难过，伤害我、激怒我。

老师们也确实挺努力的（至少有些老师是这样），但我觉得还是妈妈出马最管用，她"悄悄"地跟那些孩子谈了谈。我觉得孩子小的时候，大人是能吓唬住他们的，虽然不是所有的大人都能。妈妈说家长不应该自行处理霸凌问题，但她还是把那些孩子带到了一边，跟他们说话的时候甚至好像还面带微笑，也有可能更像是做鬼脸什么的，反正我对察言观色不太在行。

我刚才问她了，那时候跟那些孩子说的什么，她说她就是尽量和他们讲道理，还说如果他们离我远点，她就会让我也离他们远点。要是没见效，我猜她后来是这么告诉他们的："你们让他的日子有多难过，我就让你们的日子有多难过。"她让我放心，这不叫威胁（不过我觉得有点像），她只不过说了一些怎么解读都可以的话，剩下的让他们自己凭良心想去。真抱歉，这样的话听起来有点模糊，但我只是在重复妈妈的原话。

在那之后，那些家伙消停了一阵子，即便我的处境比以前好了些，离开那所学校的时候，我还是很开心。然而，不幸的是，我离了虎口，又进了狼窝。我上的那所中学口碑很好，在处理霸凌问题方面,口碑尤其好。妈妈就是因为这个才想尽办法送我们进去的。但是,对我来说没怎么奏效。那里的恶霸简直是油盐不进,不管是我哥哥和老师吓唬他们也好,还是可能面临开除也好,或者动之以情晓之以理什么的,没有什么能对他们起作用的,这帮人就是不肯放过我,后来,他们甚至发展到对我拳打脚踢的。那是我人生中最黑暗的一段日子。

有一天,情况到了忍无可忍的地步。为了躲开那些折磨我的人,我藏在了更衣室里——我多希望那个时候我已经写完这本书了,那样的话我就能明白躲起来是最没用的办法。有两个家伙(这些混蛋!)发现了我,开始耍着我玩,好像猫玩老鼠一样。他们把我推来搡去的,笑话我,戏弄我,好像很陶醉于我的痛苦。我脑袋里一片空白,只想逃离这些白痴败类,我奋力推开他们,拼命地跑。我一路跑啊跑啊,穿过操场,跑出大门,但最后还是被他们追上了,他们对着我一顿拳打脚踢,拳头像雨点一样砸在我身上。庆幸的是,有个要去附近的游泳馆的人,他停下脚步,制止了他们。当然了,那两个恶霸跑掉了。这帮胆小鬼除了跑还会干什么呢?我被带到了游泳馆,有人打电话通知了妈妈,她赶过来把我接回了家。我没打算报警,除了赶快离开那所学校,我什么都不想做。那之后我没再回过那所学校,一直待在家里,直到后来我们决定试试私立学校,就是我现在上学的这所学校。

我在新学校也挨过欺负,但是很快就能解决,这里欺负我的孩子好像很怕被叫家长。我想这大概就是私立学校和公立学校的区别吧。很心酸,但也很真实。

这里我想说一点,那就是我练跆拳道这个事好像对其他孩子有点震慑作用。我知道这么说有点蠢,但是以我的感受来说,欺负别人的人才是真的蠢。阿斯孩子们,去练练跆拳道或者什么武术吧,还是挺值得的,对生活的方方面面都有好处。我在这里只是简单地介绍了一下我的经历,这是为了证明我并不是在就我完全不了解的事情夸夸其谈。相信我,我真的是有感而发!

什么是霸凌?

霸凌有各种各样的形式,不要觉得只有拳打脚踢或者人身伤害才叫霸凌。而且,肢体上的霸凌也不是非黑即白那么容易分辨(实际上,不是黑白,是青一块紫一块!抱歉,这个玩笑一点也不好笑)。任何形式的身体接触,只要是不受欢迎的,都是肢体霸凌。除了肢体霸凌,还有言语霸凌。所有这些都是阿斯人士很难搞明白的。我会尽可能地说清楚点,希望能对你们有所帮助。

这么说吧,一般来讲,如果别人对你做了什么事或者说了什么话,让你觉得很受伤或很难过,那么这就是霸凌。我觉得,对于阿斯孩子,甚至成人来说,知道这一点是十分必要的。有时候,有人遭受了霸凌,但没意识到正在发生的事情其实就是霸凌,那么这种情况很可能会继续发生。没有人会走上去对你说"我现在要欺负你了"。如果有人让你去做你不想做的事情，或者做一些会让你惹上麻烦、给你带来某种伤害的事情，那么这也是霸凌。

自从我跟妈妈谈论这些事之后，我意识到在学校里发生的很多我以为天经地义的事情，实际上都是霸凌。有一点要记住，这种事情大多都非常隐蔽，目的就是给被霸凌的那个人找点麻烦。还有一点也要记住，即便你不是很擅长察言观色，即便那个人好像是面带微笑跟你道歉，只要让你不舒服或者给你惹麻烦了，那么这其实还是霸凌。下面我就说一说我在曾经待过的学校里亲身经历的一些事。

肢体霸凌

任何形式的肢体接触，只要是不受欢迎的，都是霸凌，包括：

- 踢打、推搡。
- 把我挤出队伍（比如吃饭排队的时候），找我的麻烦。
- 排队的时候插队到我前面，于是我总是被落在后面。
- 伸腿绊我，拜上学所赐，我甚至都学会了怎么假摔，摔得特别好。
- 撞翻我的餐盘。
- 踹我的椅子背。
- 揪我头发或者戳我一下，让我突然间跳起来。
- 一个男生假装很友好地（我曾经以为那是友好）跟我

说话，另一个就在我正后方跪下，手撑着地，前面那个突然推了我一下，我向后摔倒，正好摔在后面那个男生身上，后脑勺磕在了水泥地上，我摔出了脑震荡。

- 在我前面狠狠地摔门，门差点撞到我脸上。

其他形式的霸凌

- 拿走我的尺子、铅笔或者其他学习用品，我想要拿回来的时候就奚落我。
- 把我桌上的东西撞掉，找我的麻烦。
- 在我的课本上乱写乱画，也是给我找麻烦。
- 拿墨水喷我，弄脏我的衣服。
- 拿走我带的盒饭，扔在地上。
- 辱骂、嘲笑（其实这些倒没让我太过烦恼）。
- 我说话的时候，大家都笑，故意对我不理不睬（他们把这个叫作"送他去考文垂"①）。
- 分组的时候把我剩到最后，或者应该说分组的时候哪组都不要我！
- 嘲笑我玩不好团体类的体育活动，"啊，老师，我们组必须要他嘛？"这种话我已经听得耳朵都要出茧子了。

---

① 译注：考文垂，英国英格兰西米德兰郡城市，1642 年到 1651 年英国议会党和保皇党内战，战败的保皇党被议会党发配到考文垂，因为考文垂是议会党的重镇，戒备森严，保皇党在当地孤立无援。"送你去考文垂"衍生出排斥的意思。

我十分确定这只是我被霸凌的所有事情中的一小部分，还有很多没有写，看书的各位，你们肯定也有一些自己的经历。

还有一种形式的霸凌，写的时候，我觉得难堪死了，但是妈妈安慰了我，而且我在网上也看到过……我咽了一口唾沫，紧张地笑了笑……那就是性霸凌。我没有亲身经历过，任何形式都没有，但显然很多人经历过。因为种种原因，阿斯人士或者孤独症谱系人士很容易成为人们利用和伤害的目标。小孩子可能会觉得别人在自己身上做一些"恶心"的事很搞笑。如果有人让你做的事情令你感到不舒服，或者有人想要摸你，但是你不想接受，那就一定要清楚地告诉他们不要这样做。咳咳——我的脸和耳朵涨得通红，我要是穿上橙色上衣和绿色裤子，肯定会被当作红绿灯的。

我现在要赶紧换个话题，接着说霸凌。事实上，霸凌是双向的，要警惕不要被霸凌，也要警惕不要霸凌别人。如果你强迫别人做不喜欢的事情，或者伤害到别人，不管是推搡踢打，还是辱骂，这些都是霸凌。对于阿斯人士来说，可能不太容易意识到自己让人不舒服了，但这也不是借口。

阿斯孩子可能拼命想要融入集体，因此就会跟着大家霸凌别人，或者甚至带头霸凌别人，以示自己是个"狠角色"。如果你是这样的人，请一定要相信我，你会后悔的。霸凌是错误的行为。伤害别人是不对的，不管是身体上还是心理上。

成年人也会遭受霸凌。如果你觉得有人让你感到害怕、想要退缩，或者有人辱骂你，对你做了你不喜欢的事，那么他就是在霸凌你。我知道,成年人没有老师可报告,我也不是很确定应该给出什么建议,但如果你是在工作的时候发生了这种事情,那么你的老板可能会帮忙处理。作为成年人,你可以决定和谁交往、不和谁交往,那么如果发生了这样的事情,一定要尽量远离霸凌你的人。

老师也会霸凌学生

我希望我这么写不会给自己惹上麻烦。我相信,很多老师都很热心,想要帮助我们这些有点特别的学生,或者至少愿意让我们在没有压力的情况下按自己的节奏继续生活和学习。但是,我还是要说,有些老师霸凌起学生来,似乎比孩子还要过分。

蕾切尔 绘

我倒不是说这些老师会对学生拳打脚踢、推推搡搡，但是他们的所作所为，不说有多恶劣，也一样伤人。有些老师专门喜欢挑我们的短处说，然后引起全班爆笑，沐浴（当然是比喻，不是真的沐浴）在这片笑声中，对他们来说好像是一种享受。很夸张地扬起眉毛，明显是在拿别人取乐，或者喊别人"傻蛋""糊涂虫"，说些刻薄的话，所有这些都是隐性的霸凌。也许班上有个与众不同的学生让他们很烦，因此，通过羞辱这些学生，他们好像就能痛快一点。也不排除这种可能，有些老师本身就是垃圾。这个世界上，这样的垃圾似乎还不少。

如果老师针对你或者找你的茬，那么首先要做的是清楚地告诉他们，他们让你不舒服了。如果他们对此不理不睬，那就去告诉年级主任或者校长，或者告诉你信任的哪个老师也可以。

为什么针对我？

我要说的是，容易成为霸凌目标的不仅仅是阿斯孩子。人们好像就是愿意针对和自己不一样的人。有的人胖一点，有的人瘦一点，还有的人鼻子大一点，只要是和大多数人不一样的，好像都会不幸成为霸凌的受害者。

阿斯人士在社交方面有很大的困难。人们说话做事好像有很多潜规则，非常微妙，根本不可能搞明白。绝大多数阿斯孩子干脆就不费这个劲了。我觉得我就是这样的。不会察言观色，难以理解语言和身体语言，这些都会使我们成为嘲笑的对象。阿斯人士常常有运动障碍，至少是大运动技能比较弱。我认识的阿斯孩子中喜欢团体类体育活动的不多。这就让我们更加扎眼，不知道为什么，擅长这种活动的人好像总是很招人喜欢（尤其是招老师喜欢）。

我到现在也不是很清楚，出现在我生命中的那几个混蛋为什么对欺负我这件事如此执着。我猜可能是因为我和别人不一样，而且我总是独来独往，所以容易成为霸凌的目标。还是那句话，我一直都不明白他们为什么欺负我，但是现在回想起来，我觉得是因为在班上我是属于"软蛋"那一类的，与此相反就是"硬核"。显而易见，所谓"硬核"，就是那些愿意跟人打架并且能够打赢的人。而我从来都没看明白这其中的门道，所以我就是"软蛋"。直到现在，我也没看明白。他们甚至没有什么特别的原因就能打起来！

在学校里，男生之间好像有某种制度体系。这种莫名其妙的制度体系，阿斯孩子是不大可能混得进去的。当然了，这是件好事，不过这也让我们显得更加扎眼。这种制度运行起来，就像这样："你瞅啥？""瞅你咋地？"随之而来的就是一些看起来很滑稽的表现，跟动物交配仪式似的。

两个人都昂首挺胸的，就像发了疯的孔雀一样四处招摇，这样对峙一会儿以后，再互相约定好一个时间，到时候好在众目睽睽之下将对方打个不省人事。要是有人把一个号称"硬核"的家伙揍趴下了，那么这个人就能获得"硬核"的称号。

蕾切尔　绘

但是，我注意到一件事，即便他们揍趴下的是比自己矮一米、小两岁的孩子，也依然会被算作"硬核"。在这种孩子的思维里，这样还挺公平的（思考这种事对他们来说肯定挺难的——大部分人的智商也就 12 左右吧）。但我真的无法理解。还有一件事，我也注意到了，那就是这个世界上的蠢货挺多的，到处都是。

我猜这种情况在女生中间也差不多，但是我注意到女生好像对别人的外貌和穿着打扮这些东西更挑剔、更刻薄。不过，一般来说，大人们会很武断地认为男生和女生的表现有很多不同，但实际上这个区别没有他们想象得那么多。女生也会打架，跟那些喜欢欺负人的男生一样恶毒。可能阿斯女生和阿斯男生面临的青春期问题不太一样——这个我没什么发言权——但是我确实觉得，女生也好，男生也罢，在沟通和理解方面的困难其实是一样的。

我过去遭受霸凌，还容易被针对，可能还有一个原因，那就是我总是不愿意"随大流"。以前从来不会，以后也永远不会。有些事情，明明不喜欢，还要装作喜欢，我实在不明白这有什么意义。我想，大家不愿意跟我交朋友，也不愿意跟我在一起，可能这也是一个原因吧。他们知道，如果他们和我在一起，或者说他们喜欢我，那么他们自己可能也会因此遭到霸凌。这个问题，我恐怕没什么解决办法，因为我没办法对正在看这本书的人说，为了让大家喜欢你，应该舍弃自己的本心、牺牲自己的信念、改变自己的好恶。如果是这样的话，会活得更不开心，那还不如尊重自己的本心，多点时间独处。

什么样的情况不算霸凌？

写到这个标题的时候，我想到一个笑话。

问：门什么时候不是门？
答：当是罐子的时候。[①]

哈哈哈！当然了，这个笑话和霸凌一点关系都没有，但是

[①] 译注：此处是英语中的一个谐音笑话，原文"ajar"（门半开的状态）与短语"a jar"（一个罐子）的读音一样。

我喜欢玩这种文字游戏。我真正想说的意思是，对于阿斯孩子来说，霸凌这个问题还有另一面——有些情况可能不是真的霸凌！有些善意的胡闹其实是友好的表示，阿斯孩子不是总能识别出来。我明白这一点，因为我曾经被这样"欺负"过，妈妈就在旁边看着，也非常清楚这种"欺负"实际上只是想拉我加入他们的游戏而已。这种情况很难分辨，所以如果你觉得不舒服或者很受伤，就应该告诉大人，然后让大人去跟对方说一下，让他（她）明白你不喜欢这样。如果他们真是出于善意，就会理解你的感受。

有时候，所谓的"霸凌"事件不过是打打闹闹、开开玩笑，只是有点玩过头了。不过这也经常被老师当作开脱的借口！我不太擅长解读别人的意图，所以我这里说得可能对，也可能不对。不过，老师要是这么说的话，那意思基本就是他们不打算管。我觉得，要是大家都喜欢过头一点的玩法，那么这么做也没什么不可以，但是为什么要把不喜欢的人牵扯进来呢？要是这样的话，那就是霸凌了。不管从哪个角度看，我认为如果有人感到受伤害了或者不舒服了，那就应该停止当下的行为。我在想，要是那些和我不一样的男生就是喜欢"互殴"，那么他们过火一点也是可以的。不过，我真的希望他们能够理解人和人是不一样的。

我们学校有个男生，对我总是推推搡搡的，但是他有注意缺陷多动障碍，所以我觉得我应该成熟一点，应该明白他也有他的难处，应该理解这就是他的一部分。可是，要是因为有这个障碍，就能理直气壮地打人，而且大家也都接受，我真的觉得这是不对的。我知道妈妈就不会允许约瑟夫做这样的事情。

一般来说，小孩就是挺烦人的，但是随着年龄增长，我发现身边还真的有一些很有教养的小孩。我不太确定这是因为我变了，还是他们变了，或者只是我的新学校是这种情况。不管是哪种原因，至少在我写这部分的时候，就霸凌这个方面而言，我的日子过得容易多了。

如何应对霸凌

写给家长的话

妈妈说她曾经很是苦恼，因为我面对霸凌总是忍着不说，只有实在受不了的时候才会开口告诉她发生了什么。但她没意识到的是，很多小孩都是这样，我以前也是。请注意我这里说的是"以前"。现在，我可是挺起了胸膛[1]（当然是比喻的说法），坚定地说"不准再欺负我"。阿斯孩子，看到这里的时候一定要向我学习，跟着我做。

我不告诉妈妈这些事，还有另外一个原因。阿斯孩子搞不清楚哪些事回家的时候应该告诉家长。"今天在学校干什么了呀？"这样问他，他不会自然而然地告诉你："我被欺负了。"

---

[1] 译注：原文"puff out my chest"，字面意思是"往胸膛里鼓气"，所以作者在后文说这是比喻，而不是真的吹气。

除非问得非常具体。我在这里给家长列了几条建议,不过我也不是育儿专家,也不擅长换位思考,毕竟我有阿斯伯格综合征……而且我才 13 岁!

1. 如果要问孩子有没有遭到霸凌,一定要问得很具体。要问有没有人推搡他,让他不舒服,对他很恶毒,或者对他拳打脚踢。就算这样,可能也没问到点子上,所以一定要注意。
2. 记住,我前面也提到过,欺负人的那些人才不会明确说"我现在要欺负你了"。因此,孩子可能意识不到,他们遭受的这种折磨就是霸凌。
3. 有件事,是家长不该做的,那就是去学校,在众目睽睽下和那些人渣直接对峙。那样做的后果是,大家都会哄笑,然后叫孩子"妈宝"。总的来说,会适得其反。
4. 如果想要和老师谈这件事,也最好私下谈。不要趁着早上送孩子上学的时候跟老师谈。孩子坐在班级里,知道别人在议论他,这种感觉真的不太好。
5. 如果明知道孩子遭到霸凌,还要继续送他们去上学,那就是送羊入虎口。保护孩子是家长的责任,所以要尽一切可能做到这一点。
6. 如果事情没有得到圆满的解决,那么拜托一定一定不要让孩子去上学。没有解决之前,不要再让他们受到伤害。

7. 记住,我们始终还有另一条出路,那就是在家学习。法律规定,在学校或者其他地方接受教育都可以。尽管我现在是在学校接受教育,但我知道我还可以选择在家学习,这种安全感让我觉得好多了,好得你都想象不出来。

名牌社会

这部分是专门写给家长的,毕竟为了孩子的衣服、鞋子和包包掏空腰包的是可怜的爸爸妈妈、爷爷奶奶。现在这个时代,连小宝宝用的东西都是名牌,我觉得这是有问题的。我敢肯定,同样是牛仔裤,就因为缝上个名牌商标,就比普通牛仔裤贵出20倍。不过,我必须要跟家长说的是,尽管买名牌这件事存在一定问题,但如果可能的话,还是尽量给孩子买几件名牌,几件就行。

我大哥马修刚上初中的时候,妈妈觉得不必赶时髦,所以让他穿着一件夹克就去上学了,棕色的,看起来普普通通,价格也很便宜。可是,第一节课课间,学校就打电话来说,出状况了,有一大帮孩子都针对马修,喊他"蚯蚓吉姆"① (别笑!),而且还扒了他的衣服。妈妈直接出去给他买了一件名牌外套,从那以后,我们也都穿名牌货了。

阿斯孩子本来就够扎眼的了,所以如果可能的话,在合理的范围内,尽量让他们跟上潮流吧(当然了,前提是他们自己也愿意),这样的话,总能去掉一个容易遭到嘲笑的由头。

---

① 译注:出自动作过关类游戏蚯蚓战士吉姆。

我知道这很不容易，掏钱的又不是我，但是慈善商店和旧货义卖的地方经常能买到一些比较体面的名牌，可以到那里淘点好东西。有些名牌，真的用不着花大把的钱去买。

写给老师的话

各位阿斯孩子，曾经多少次，你好不容易鼓足勇气，跟老师反映情况，却发现他们要么不当回事，要么告诉你"勇敢面对"，各位老师，我知道我只是一个孩子，但我还是想说说你能帮得上忙的地方。

1. 作为老师，最重要的是要明白，霸凌不是每个孩子生活中都要面对的事情（这种话我听过多少次了）。
2. 如果学生鼓足勇气找到你，向你反映问题，那么请一定一定严肃对待。
3. 不要公开在班级里说有人被欺负了。请慎重一点，这样说很让人难堪，而且还会让我们遭受更多的嘲笑。
4. 不要跟阿斯孩子说这是他们"自找的"。有人对我这么说过，我必须要说，这种说法是彻头彻尾的……怎么说呢，我得礼貌点是吧，那就说是"胡说八道"好了。为什么我们非得跟别人一样才能不被针对呢？这实在是太不公平了！
5. 不要只是在操场上晃悠两圈或者去教室看上两眼，就说没发现霸凌现象。如果你想要抓他们现行，就去那些隐蔽的角落，或者趁没人的时候偷偷潜入更衣室。

6. 最为重要的是——一定要严肃对待。遭受霸凌就像经历地狱般煎熬。你是成年人，学生只是——孩子。你应该负起责任来，不管用什么方法，一定要制止这种行为。阿斯孩子，不管什么样的孩子，都已经过得够艰难的了。

如果你遭到了霸凌

欺负别人的人其实都是懦夫。以我长期而痛苦的亲身经历而言，我发现，这帮人在操场上装得很厉害，可是一到老师办公室立马就怂，鼻涕一把泪一把的。他们好像知道，大人们能给他们的惩罚可比揍他们一顿要严重多了。

下面是一些小建议，帮你对付这种事情。我知道要告诉别人这种事情很不容易，但是生活本身已经很艰难了，所以一定要让老师和家长介入处理。这不叫告状，也不是告密或者打小报告。这只是在保护自己，保护自己的财产安全和心理健康，这是天经地义理所应当的事情。

首先要记住的一点就是，这从来就不是你的错，永远都不是。来，跟我一起说："他们都是蠢货，都是白痴。"我犹豫了一下，要不要用"怪胎"这个词，但是这个词用在他们身上简直糟践了。

1. 课间休息的时候不要去隐蔽的地方，要去图书馆这种比较安全的地方。我知道这么说听起来挺奇怪的，但经常是你觉得自己藏得挺好，人家却总能找到你、欺负你。因为阿斯孩子很难猜出别人是怎么想的。因此，如果有朋友的话，最好就和朋友待在一起，或者至少找个人多的地方待着。

2. 那一大帮混蛋——一般都是不止一个人，经常还有一个领头的——走过来的时候，你一定要表现得勇敢一点，如果可能的话，尽量躲开。"这跟让猪上树①有什么区别？"肯定有人会这么问，我都听见了。(这一点很重要，所以我得让你们费点脑子，自己去本书后面查查这是什么意思。) 人们用这个话来表示不可能的事情。你也知道，猪确实上不了树。(好了好了，各位阿斯孩子，我知道说不定有一天那个什么混合基因技术能让猪上树!②)

3. 这一群狼（我其实更愿意把他们想象成一群羊）走近的时候，我们都知道多数情况下要躲开可能不太现实，那就想办法尽快吸引大人的注意。我跟你说吧，他们立马就会作鸟兽散！

4. 如果你有哥哥姐姐，那就跟哥哥姐姐说。他们的年龄段和成熟度跟你差不多。家长也更有可能听取他们的意见。如果没有哥哥姐姐，那就想办法和年龄大一点的人谈谈。

---

① 译注：原文"Is that a flying pig?"，字面意思是"让猪去飞"，替换为中文的"让猪上树"，意为不可能的事情。

② 译注：意为你们不要跟我抬杠，因为阿斯孩子确实就是经常就字面意思跟别人争论。

5. 如果正在遭受霸凌，那就告诉大人、老师或者你信任的朋友，那些不会满世界嚷嚷的人。不要害怕告诉别人，一定要让人知道。
6. 他们推你、打你的时候，不要反击，走开就好，因为一旦反击，只能恶化事态。记住，勇敢一点，不要让他们看出来他们让你心烦了，他们会以此为乐、乐此不疲（这帮变态！）。
7. 想办法找找还有谁也遭到了霸凌，团结就是力量。
8. 如果他们取笑你的某些方面，比如走路的样子或者说话的方式，你也试着自嘲一下，然后还像以前一样，该怎样就怎样。如果你也附和他们的看法，以他们的智商是无法理解的，这样他们很快就会觉得没意思了。
9. 这从来就不是你的错，永远都不是。退一步来讲，整体评估一下这个情况，想办法搞清楚为什么会这样。找个真正信任的人，把这些事情向他和盘托出。记住，生活是你自己的，你不必因为任何人而遭受折磨。凭什么要我们接受不公正的待遇！人的一生很短，如果你不为自己挺身而出，将来一定会后悔的，甚至会影响你的一生。霸凌会被制止的，要相信自己，鼓起勇气，会熬过去的。
10. 虽然可能不容易，但是对那些混蛋以外的人，还是要友好、坦诚。你交的朋友越多，那些混蛋就越不敢找你的茬，因为会有人出来挺你。

最后说一句，不管是谁，被欺负了，一定不要默默忍受。我经历过这些，也走过来了，相信我，默默忍受真的不值得。那些可悲的恶魔可能会毁了你的生活。有些人甚至因为霸凌被逼得自杀。这实在太令人难过了，而且也不该如此。不要放过这些人，有问题的是他们，不是你，所以一定要告诉别人，要制止这种事情。

如果你保持沉默，越来越害怕，越来越难过，那么他们就得逞了。如果我们能意识到自己有时候确实有点怪，能毫不在乎别人叫我们怪胎，能在这个全是外星人的世界上闯出一条路，那么对付这种没脑子的混蛋就不在话下，这帮人的头脑太简单了，所以只能通过别的办法来证明自己的能耐。

记住了，最重要的是告诉别人。我知道这并不那么容易，因为我就是这么过来的！但是我的亲身经历让我明白了一个道理：不能坐以待毙。你必须要做点什么。老师不听，那就一直重复，直到他们听进去。除了老师，也可以去找校长。还有，让家长去和老师谈一谈。记住，现在，该制止这种事了。从现在开始，再也不要接受不公正的待遇了！

跆拳道

你没看错，上一章刚写完霸凌这一章就写跆拳道。但是不要误会我，不管你怎么想，我的意思不是说让你学个拳脚功夫，等挨欺负的时候打回去。提到以前欺负过我的那些混蛋，我比较倾向持"善有善报、恶有恶报"的态度，我相信早晚有一天，曾经让我活得如此痛苦的那些混蛋会得到报应。是的，我知道这有点像是诅咒别人，就跟"早晚有一天你会失去自己心爱的东西"那种话一样。我知道这样不够宽宏大量，但是……我也不可能总是那么完美嘛！

各位阿斯孩子，不要觉得自己有运动障碍或者无法在人群里待着而学不了跆拳道，就想跳过这一章不看，先等一下，看看再说。我知道你们肯定是急着看谈恋爱那一章，但是，相信我，学了跆拳道，也能提高成功率！各位家长，要是你大概扫了一眼就断定我在这章会教你家孩子学什么致命招术，并认为这肯定会给他（她）惹来麻烦，那就请继续看下去，我会证明给你看其实不是这样的。

我的跆拳道课

我加入的那个协会叫 ILGI 跆拳道协会，这个协会在很多地方都有俱乐部，不过沃丁顿先生是他们的总教练，是他最早把跆拳道引进英国西北部地区的。他是跆拳道六段，能进行段证晋升审评，还能督导其他 ILGI 俱乐部的教练。"ILGI" 是一个很传统的韩国名字，意思是"合一"，代表一家人或者一个团体和谐相处。听名字肯定觉得这是团体活动或者小组活动吧，趁着你还没被吓跑，我告诉你吧，不是这样的。在跆拳道的世界里，大家是在一起，但是各做各的。这对我来说是件很酷的事情，因为我就总是独来独往的。

我们开始学跆拳道，是因为约瑟夫的一个朋友去那学，约瑟夫天天念叨，最后终于去成了。这件事其实挺搞笑的，因为到头来他都是在瞎胡混，而且混得还挺难。这是因为他的注意力实在太不集中了，而且也很难保持安静。沃丁顿教练知道他有这些问题，也一直在努力教他，一方面要训他，另一方面还要接受他学得慢。不管怎么说，我还是要说约瑟夫学得还不错。毕竟他才 9 岁。如果你有注意缺陷多动障碍或者你家孩子有这个问题，并不代表就学不了跆拳道了，但是可能会比大多数人花的功夫多一点。和教练谈一谈，我相信他们会提供帮助的。

我们去接约瑟夫的时候才发现那个跆拳道班里什么年龄段

的学员都有，能力也相差很大，所以我们决定都去学。马修待在家里照顾本，不过我们每次回家以后都教他几招，他也特别喜欢学。本也有一件小小的跆拳道服。看看，本和马修看起来真的很"硬核"！

不得不说，刚开始学的时候，我觉得很难。我的协调能力很差，别人都很自然地就能做到，我和他们站在一起时就显得更差。感谢安和苏，我在初级班的时候，她俩特别耐心地教我，还要感谢妈妈，和我一样笨手笨脚的一点都不协调，但至少让我不那么孤单！

跆拳道的历史

跆拳道是一种防身术,历史很悠久,主要通过手和脚的击打和踢踹的招数来击退敌人。跆拳道这个名字最早是 1944 年出现的,不过它的历史却可以追溯到公元 3 年到公元 427 年之间,从刻在坟墓墙壁上的壁画可以看出那些招式。

跆拳道虽然主要是防身用的,但是也贯彻了保护弱者的原则。(现在有没有觉得学跆拳道这个主意还挺不错的?学了这个,所有"阿斯怪咖"就都有能力保护弱者!)早在公元前 3000 年就有这样的记载,一位印度王子以他的仆人为靶子,练习杀招。那时,东方国家就已经发明了各种各样的攻防招式。练家子们之间互相借鉴,形成了自己独特的武术形式。

二战结束之后,韩国独立的时候,全国有 5 所比较大的武术学校,都教跆拳道,但是其招式略有不同。这些跆拳道门派或者说是风格分别为武德馆、智道馆、彰武馆、松武馆和青涛馆。我们在 ILGI 协会这里练的是青涛馆跆拳道。

在韩国,从中学到大学一直都开设跆拳道课程,跟我们这里一直都开足球课差不多。(在韩国生活是不是很酷?就想想这一点吧,不用学足球!)按规定,韩国军人在训练中也要学习使用基本的跆拳道招式进行肉搏战。韩国部队还有一支特殊任务营,名叫"太极虎",有 1000 名队员——全是跆拳道黑带。

青涛馆于 1944 年创办，1957 年由严云奎①先生接管，直到现在。二十世纪五六十年代，崔泓熙②将军接替严先生开始管理青涛馆在部队的分支机构——吾道馆，并将其发展壮大，形成了自己的风格，也就是现在国际跆拳道联盟（Internantional Taekwon-Do Federation, ITF）采用的招式。

后来崔将军离开了，其他韩国跆拳道馆（门派）也联合建立了自己的国际组织——现在的世界跆拳道联合会（World Taekwondo Federation, WTF）。他们的跆拳道风格被公认为是韩国官方风格，世界范围内练习这种跆拳道的人最多，奥林匹克运动会的跆拳道项目也是这种风格。

醒醒，醒醒！我只是想看看，这些资料和数据是不是把你们看睡着了——但是，还是那句话，大部分读者都有阿斯伯格综合征，所以可能还挺喜欢看这些的。③ 就我个人而言，我就很喜欢收集各种各样的信息，越多越好。现在，你知道跆拳道的起源了，也知道它是用来干什么的了，可能就更笃定了吧，自己不可能到处飞踹，把人从马背上踹下来，也不可能去到韩国部队服役。我也不能！

---

① 译注：原文有误，从前后文内容推测原文"Master Kyu Uhm"指的应该是严云奎，严云奎官方英文拼写应为"Uhm Woon Kyu"。
② 译注：原文有误，"Choi Hang Hi"指的应该是崔泓熙，崔泓熙官方英文拼写应为"Choi Hong Hee"。1954 年，崔泓熙在部队修建了跆拳道训练馆并命名为吾道馆，同年被推举为青涛馆名誉馆长。
③ 译注：阿斯伯格人士喜欢看事实性材料，这也是作者此处详细介绍跆拳道相关内容的原因。

跆拳道用腰带来表示等级，最初级是白色，最高级是黑色，中间还有黄色、绿色、蓝色和红色。通过评级考试——一系列的体能测试和招式演示（后面会详细说）——就可以升级。我不知道别的国家和俱乐部是什么情况，反正在我去的那个俱乐部，想要升级至少要间隔3个月，等到要评黑带的时候，至少要间隔6个月才行。不过，实际间隔的时间要长得多，因为要由教练判断学员在生理和心理两个方面是否已经准备成熟，然后才能决定他们是否有资格参加评级考试。最开始的十个等级称为"级"，但到了黑带，级别也不是最高的。黑带再往上还有十个更高的级别（快乐无尽头！），这些级别称为"段"。

　　参加升级考试的时候，学员必须面对假想敌做出一系列的防御和攻击动作。这些动作是一整套做下来的，称为"品势"。这些品势非常重要，因为其目的是培养和提升学员的基本技能，比如平衡能力、协调能力，还有是否能够把握时机，是否能够调整呼吸，等等。练习这些招式的过程中，学员逐渐把符合他们发展水平的各种技术综合运用起来。如果你愿意并且技术过硬，那么稳拿黑带以后，最理想的是升到二段，就可以自己开俱乐部了——不过必须要征得原来的教练同意才行。我知道，对于很多阿斯人士来说，这种事可能好像天上掉馅饼一样（你们觉得这个说法怎么样？），但是我们凭什么就得比别人眼界低呢？

跆拳道的好处

好吧,我在这傻乎乎地唠叨了一大堆,跆拳道的起源、学跆拳道的注意事项、学了可以做什么,等等,你可能都听烦了,但是接下来我要告诉你学跆拳道的好处。我觉得要是把所有好处都列出来的话,可能得写很长很长,所以我只说几点。

你们有多少人有运动障碍,就算程度最轻的也是动作不够协调,像只怀孕的企鹅一样。我前面提到过,运动障碍就是大运动技能有问题。我就有这方面的问题,这就意味着,我的协调能力非常……不协调!好像他们把这个叫作笨拙儿童综合征(clumsy child syndrome)①。无论叫什么,也无论你有没有这个诊断标签,如果你在运动协调方面有问题,难以准确判断物体移动的快慢、距离的远近,对自己身体所处空间的感知也有问题,那么我猜你肯定和我一样讨厌体育运动。我又想了想,应该没有人像我这么讨厌运动。

跆拳道有固定的程序和套路。每个阶段都有固定的站位,拉伸和热身也都有固定的招式,这些规则多少年也不会变。刚开始学的那几周有点难,因为要记住这些招式的程序,初学任何东

---

① 译注:现已更名为发展性协调障碍(developmental coordination disorder),指的是儿童在操作性技能运动中显示出在其年龄阶段不应有的困难,通常包括:与控制身体技能有关的,如吃饭、穿衣、系鞋带等困难;与教育、认知技能有关的,如书写、绘画和体育以及言语、阅读等困难。

西都一样难，这是显而易见的。过了这个阶段，就一帆风顺了。我的意思绝对不是说跆拳道很容易学，反而学这个是需要下苦功夫的，不过跆拳道很成体系，而且你能提前知道下一步要做什么，这对所有的孤独症谱系人士来说，都是很理想的锻炼方式。

就算练跆拳道得排队，而且周围有很多人（相信我，我知道这一点很让人心烦），但是学员必须面向前方、立正站好，跟着教练练习动作。这样实在太好了，因为即便我们和别人是一个集体，我们还是各学各的。

我们练习的动作都是设计好的，主要是为了提高反应速度、协调能力和灵活性，还有对时机、距离的感觉和把握。我感觉跆拳道就好像是为孤独症谱系人士量身定做的一样。每星期进行几次体育锻炼，对人肯定是没坏处的。我们经常做俯卧撑、仰卧起坐、耐力练习和伸展运动来增加灵活性。最开始的时候，很累。至少有三个月的时间，我走起路来都好像骑在马上一样，更别说还要踢腿了！我觉得自己的身体好像被当成沙袋一样。我还是不说这些了，免得把你们吓跑了，我可不想这样。跆拳道带来的好处比浑身酸痛带来的不适（甚至是痛苦！）多多了。前面提到过，我好像要被电脑和游戏吞噬了（眼前出现了奇怪的画面[①]），很多次，别人不得不把我从电脑前面拽走，推出门外。可是妈妈知道，一到了跆拳道馆，我就很享受，而且会感到轻松很多。

[①] 译注：作者的意思是当提到"被电脑和游戏吞噬了"，阿斯孩子就会想到那个画面，因为他们只理解字面意思。

跆拳道（和其他任何武术形式都一样）学的不仅仅是怎么防身，怎么踢中或者打中目标，还有磨炼自己的内心，这样才能对自己以及周围的一切有越来越清醒的认识，变得越来越包容。我发现古老的东方哲学很有意思。在那里，心脏病、卒中以及那些与压力有关的疾病，其发病率远不及西方国家高。我觉得西方人可以从中学到很多。要是读者中有东方人，那可真是不好意思。真有的话，那我肯定是班门弄斧了。

信条，是某个人或某一群体的宗旨或者信仰，跆拳道习练者也有自己的信条。

 **跆拳道习练者的信条**

礼仪：遵守行为准则，尊重他人。

谦虚：不要自视过高，不要吹嘘炫耀，尤其对不懂跆拳道的人。

自控：刻苦训练，不伤害他人，控制情绪，不攻击他人。

毅力：不断尝试，不忘初心，坚持不懈，达成目标。

不屈不挠的精神：无论遇到多么艰难的事情，都能坚持下去。

我不知道你觉得怎么样，反正我觉得这是很不错的人生哲学。我不能说我自然而然地就能做到这些，但是跟其他阿斯人士一样，我也需要规则，我觉得这些都是很好的规则，对跆拳道是这样，对生活也是这样。

如果你真的开始学跆拳道了,第一天晚上会感觉很恐慌,认为自己"无论如何也不是这块料",那么我能说的就是回头看一下上面那些信条,继续坚持。慢慢地,你会觉得自己能力越来越强,信心越来越足。这需要时间,想要放弃的时候,请提醒自己:会过去的。教练会帮你熬过那些艰难的日子。

还有一件事,也需要记住,即便这只是一种拳脚功夫,但是通过习练你可以把手脚当作武器,说不定什么时候就能用上。不管你在其他运动方面有多出色,网球也好,足球也好,要是你在大街上被人打了,球技再好也帮不上忙。我不是说应该仗着会跆拳道去欺负别人,但是如果真的出现那么一种情形——总得有人受伤,不是你就是那帮混蛋——那毫无疑问受伤的应该是他们。就像我之前说过的那样,我们凭什么要接受不公正的待遇!

友谊和社交

如何赢得友谊，如何吸引他人

看到这个标题，你们可能会想"我们才不需要赢得友谊和吸引他人呢"，先别生气，我就那么一说而已。我前面解释过，我好像很难想出那种抓眼球的标题，所以只要模模糊糊地感觉有什么念头冒出来了，我就赶紧一把抓住。

跟以前一样，我仔细地想了想，应该把这一章放在哪里，我想，放在遭遇霸凌和学跆拳道之后、谈恋爱之前是最合适的。我前面说过，学跆拳道是一种非常好的提升自信的途径。同时，学跆拳道也是非常好的结交朋友的途径，有人告诉我说，交朋友是第一步，之后才有可能发展其他关系（懂的都懂……嘿嘿）。

如果你有阿斯伯格综合征，想和别人打交道、交朋友但又不知道应该怎么办，那我建议你按我说的做，做你自己就好，如果可能的话，尽量对人友善一些。也许有一天你就能发现一个看起来有点形单影只的人，那你可以跟他（她）说说话。

人家要是斜你一眼或者白你一下（有人告诉我说这就是别人在跟你摆臭脸，表示他们不喜欢你做的事，或者干脆就是不喜欢你这张脸！），或者嫌你话太多、太啰嗦，让你闭嘴，不用担心，也不必难堪，所有这些都是学习的过程。

总有人嫌我靠得太近或者跟得太紧，但是到底什么时候应该跟着别人和他们说话，什么时候应该结束对话让对方自己待着，这个实在是太难判断了。除非别人直接告诉我他们觉得不耐烦了，否则我永远都不会知道，而且就算别人告诉我了，要是聊的是我喜欢的话题，有时候我还是会一直说下去的，这一点我承认。道理都明白，但是执行起来可不是那么容易。

如果你想融入大家，交到朋友或者和别人多些来往，那么有关兴趣爱好、喜欢的话题或者痴迷的东西，反正不管你把这些东西叫什么吧，这些方面我得给你提点小建议。如果你对某种东西非常感兴趣，但这个东西不是足球，也不是橄榄球什么的，那么这个悲催的现实就是：别人谈起常见的那些兴趣爱好可以长篇大论，而你要是说起你这个不太常见的兴趣也那么长篇大论的话，大家应该是不太能够接受的。就我自己来说，聊大家喜欢的话题是无所谓的，我能接受。如果你不想显得太与众不同，那就接受我的建议，随着大家的话题聊下去。没完没了地说某个话题，会让我们显得很怪异，容易被人欺负。有时候现实就是这么丑陋！这就是我吸取的教训，很悲哀，但是如果我们想要与人相处，就必须也要接受别人的不同。我不太确定自己到底是不是愿意这样做，但是自从我接纳了自己、接纳了自己的阿斯伯格综合征，以及这一切之后，我和我的生活好像都比以前轻松多了。

我现在有个朋友，他跟我的爱好一样，不喜欢足球，也不喜欢攻击别人。我前面提到过，我喜欢一个人待着，但是像现在这样，在学校的时候有个人能和你一起开怀大笑，感觉也挺不错的。

如果你有阿斯伯格综合征，那终归是和别人不太一样，但是这并不代表你不如别人。我这个样子，自己其实还挺自豪的。我根本就不在乎有没有人陪，我和大多数男生也没什么共同点。但这在老师们眼里好像就是问题，有个老师告诉过我，我不能总这样独来独往的，我应该走出去、开心起来。就好像只有像他说的那样才算开心起来——才算对！可实际上他说的话让我很难过，也让我很受打击，要知道独来独往都没打击到我。我想说的是，如果你自己一个人待着也挺开心的，不想和别人打成一片，那就继续这样，不要为人所迫改变自己。

至于怎么交朋友，虽然我现在每天都有进步，但是我在这方面确实不怎么擅长，所以我可能也给不出什么实质性的建议，而且你也不见得想听。不过，我还是可以从我的亲身经历里总结出那么一点点小建议的，我也说了，我不是专家……我才13岁。（我敢打赌这句话你们已经听烦了！）

1. 如果你喜欢自己待着，那就自己待着，不要管别人说什么这样不对，不用听他们的。
2. 如果你非常想交朋友，那也要有所选择，不要为了有个好人缘就去做那些不属于自己本性的事情。(唉……我再也不开什么"我们不属于这个星球"这种玩笑了!)①

3. 你有很多优点,一定要接纳这些,接纳自己本来的样子。实际上,现在已经有人主动找我说话了,我现在也有个朋友。

4. 喜欢自己,这很重要。我不是一直都喜欢自己,我猜别人也做不到一直喜欢自己,但是我确实在努力。

5. 如果你确实很想合群一点,那可以试着让自己看起来"酷"一点。换个发型,穿件潮牌(想知道哪些是潮牌很容易——看看商标就行了……老天爷……太贵了!)。这样是可以的,没有任何问题,只要你喜欢,你自己觉得舒服就行。永远不要为了合群把自己搞得不舒服。

我的意思不是说这样做了你就可以成为所有聚会的灵魂人物(谁知道呢,也不是没这个可能),但是你要先觉得自己好,才能让别人对你有好感。如果他们对你没有好感甚至觉得你不好……那是他们的损失!

这里再多说一两句,如果家长甚至老师真的帮你找了一个朋友,那么不管有多不舒服,至少尝试着跟他相处一下,还是

---

① 译注:原文"alien"是语义双关,在"by doing things that are alien"一句中是"做不符合自己本性的事情"的意思,更为流畅的翻译应该是"去做那些违心的事情",但因为后面括号里作者开玩笑时用了"外星人"这个义项,所以为了保留双关,都译成了"不属于"。

值得的，不要一开始就拒绝了。不试怎么知道行不行。说不定就能合得来呢，干吗非要跟自己过不去！

给心急的家长一个提醒

首先，关于这个话题，我能提出的最宝贵的建议就是：绝对不要强推社交。我这么说，可能小龄重度孤独症孩子的家长不太认同，当然了，这种情况可能就是另外一回事了。对于那些完全封闭在自己世界里的孩子，家长想尽量给他们提供多关注外面世界的机会，我是完全能够理解的。有计划地安排小朋友待在他们身边，我觉得这是个好办法，可以试试。对有些孩子可能管用，对有些孩子可能不管用。我这里要说的还是针对阿斯伯格综合征的情况，而不是重度孤独症。

绝大多数阿斯伯格和孤独症人士不喜欢出去跟别人打交道，也不喜欢去社交场合和一堆人在一起待着，那种场合会让他们紧张——至少我是这样的，我认识的阿斯人士也一样。他们更愿意自己一个人待着，做自己的事情。很多阿斯人士还不喜欢人群，所以如果他们觉得有人靠得太近，"侵犯了他们的空间"（好吧，这回是别人靠我太近了，我就不能拒绝了[①]），轻则会让他们不舒服，重则会令他们感到恐慌。反正我就一直都不喜欢人多的地方，我以前靠近人群的时候就会恐慌，这种

[①] 译注：前文提到作者不太注意跟别人保持距离，因此经常被人指责，此处是说这种情况和以前不一样。

情况有点像广场恐惧症①，只是不叫这个名字，叫人群恐惧症（oclophobia）②。我在搜索这种情况到底叫什么的时候，发现了各种各样奇奇怪怪的恐惧症。

我去过在黑池体育中心举办的残障人士运动会，名字叫黑池熊运动会。运动会上有很多项目，有些人是真的去参赛的，有些人（比如我）就是去凑热闹的。不管什么年龄段的、不管什么残障都可以去，残障人士的家人也可以去。附近有个酒吧，毫无疑问，开运动会的时候总是人声鼎沸。我第一次进去给妈妈买薯条和咖啡的时候，就直勾勾地看着那些人（好像有成千上万的人，而且分分钟就翻倍），当时应该就是惊恐发作（panic attack）③了，不过我现在才知道这个名字。我就在那里哭了起来，怎么说呢，整个人惊慌失措。半个小时过去了，我还依然浑身发抖。

每当这种时候我就觉得难以呼吸，总是忍不住把手绞在一起，还不停地晃。我知道我这样让家里那些女生很烦，也让她

---

① 译注：原文"claustrophobia"，译为"幽闭恐惧症"，此处应是原文有误，结合前后文推测应为"广场恐惧症"。
② 译注：人群恐惧症，又叫社交恐惧症或者赤面恐惧症，是恐惧症的一种常见表现形式，与患者的社会心理因素和人格特征有关，患者对社交场合有着异乎寻常的恐惧。
③ 译注：惊恐发作，常见的精神心理科急症，患者表现为惊慌恐惧、坐卧不宁、来回踱步、搓手顿足，觉得大祸临头，有时不能直立，还会出现胸闷、心悸、呼吸困难、手脚麻木、抽搐等临床表现，严重者会大小便失禁、肌肉震颤、晕厥等。

们很尴尬，但是我真的忍不住。我相当肯定，不是只有我一个人有过这种经历，所以强迫孩子去容易引发这种问题的地方，对任何人都没有好处。我说过很多遍了，人和人是不一样的，所以不要觉得有些阿斯孩子有惊恐发作，那么你家孩子也肯定会有。

在人们的心目中，学校就是孩子们学着跟人打交道、交朋友的地方。可是，阿斯孩子很难背负这样的期望，也很难应付学校里乱七八糟的事情。很多孩子不是去踢足球就是去参加童子军等类似的活动，但是对我来说，坐在电脑前面玩游戏，或者在屋里看书，那就是一个美妙的夜晚。在我的概念里，最不美妙的夜晚，就是跟一群孩子出去，做一些看起来挺无厘头的事，比如把一件皮革制品踢进一个网里。

阿斯孩子就是喜欢自己一个人待着，不怎么跟别人在一起，但我觉得很多家长、老师还有大人们就是看不顺眼。对此我的回答是——看不顺眼就忍着！有那么一种人，不和一帮人一起待着，或者没有人聊天，就会觉得不开心、孤单、难过，但这也并不代表我们所有人都会这样啊。家长还有大人们可以想象一下，要是有人突然领着个陌生人走到你面前，说："你们俩一起玩吧，我觉得你们互相能合得来。"你会是什么感觉？可能你们比阿斯人士会聊、能聊，可能你们会一见如故，但是也可能不会。我真的感觉这对谁来说都不容易。如果你确实能克服自己的尴尬，能和对方说说话，结果却发现人家和你完全是两种人，还可能是从外星来的，你还能想办法和他们继续相处下去吗，还能喜欢这种场合吗？反正我觉得不能！

如果阿斯孩子确实很想交朋友，但是说话太直或者总是打断别人说话，所以经常惹别人不高兴，那么可以做一些小练习，夸张点地角色扮演一下，什么时候可以说话，什么时候应该好好听别人说话。还要给他们解释一下，什么样的事在有些人眼里就是没教养的表现。这些"功课"真的很难，当然了，我自己都还没搞定！

如果你家有阿斯孩子，或者你带的是阿斯孩子，那么我再强调一遍，一定要让他自己决定要不要去交朋友。如果孩子自己看书、用电脑、玩化学实验，无论做什么，人家自己一个人就很开心，那就随他去吧。我敢说，等他长大了，不想做但又必须去做的事情有很多，没必要现在就开始让他尝这种滋味！

恋爱宝典

首先，我在这方面没经验，哪怕我稍微透出点"我有经验"那个意思，都得被冠上一个世界头号大骗子的称号。嗯，"卢克·杰克逊——世界头号大骗子"，这跟我给自己想象的称号可不太像！我这辈子还没约人出去过，不过我有几次确实想约来着。也许到这本书出版的时候，情况就有变化了呢，但即便是那样，我也很难想象自己能成为卡萨诺瓦①那样的人物！

我正处于青春期，在有些女生面前战战兢兢的，不管是谁，从出生到我现在这个悲惨的年纪，好像都会经历某些特定的阶段。男生和女生的行为举止是否本来就会有所不同，关于这个问题，我觉得永远都会有争议，因为这个社会给人们灌输了一些东西。比如，女生应该穿粉色，玩布娃娃，男生应该穿蓝色，玩玩具枪和小汽车。尽管不是所有家长都遵循这个，但整体来说好像是这样的。这就是阿斯孩子不一样的地方。我们好像完全不把这些规则当回事，就是做自己的事情，尤其在小时候更为明显。我小时候最喜欢的颜色就是粉色，而大家一般

---

① 译注：卡萨诺瓦（Casanova），意大利浪荡公子。

都认为粉色比较"女孩子气",但我那时一点都不在乎,甚至根本就不知道粉色还有"特殊"含义。

我觉得这个社会挺可悲的,不管是它塑造人的方式,还是让人们顺应主流的目的都挺可悲的。好吧,我说实话,不是挺可悲的,而是非常可悲。在我看来,这个社会整体上可比阿斯人士要刻板多了。换个角度思考,家有阿斯孩子对整个家庭来说其实并不是一件坏事,因为这肯定会让家长和其他亲属重新思考,甚至改变自己的世界观。孩子喜欢穿粉色,或者喜欢玩布娃娃,这有什么呢?从上幼儿园到上学,孩子们好像都是这么过来的,先是和其他孩子一起玩,男孩女孩都有,开开心心的,然后开始只跟同性孩子一起玩,后来又和异性孩子玩在一起,也是开开心心的。但是很奇怪,就像我前面说的那样,阿斯孩子就是我行我素。更多的时候,我们是在玩电脑游戏或者在角落里给玩具小汽车排队,而不是在外面玩什么攻山头争地盘的游戏。

如果玩了这种游戏(不得不说我一直觉得这种游戏傻乎乎的),小男孩和小女孩就能自然而然地明白将来谈恋爱、找男女朋友的时候应该干什么,那我倒还觉得有点意义。但我实在看不出来这些游戏能有什么帮助,也有可能就是没什么帮助,但所有这些都是儿童的自然发展过程,而阿斯孩子缺少了这一段。

大概7岁左右或者可能更早的时候,男孩女孩好像就经常你推我一下、我踹你一脚的。妈妈告诉过我,这种情况很常见，因为他们其实是喜欢自己踢的那个人——就这样他们还反过来觉得阿斯孩子很奇怪！各位阿斯孩子，我绝对不是在给这事开脱，好像是让你们觉得自己也得这么做。你们做自己就好。我只是在强调一个事实，我们现在这个样子——在心仪的对象面前紧张兮兮或者语无伦次（这两个词都是非常紧张的意思）——其实是因为我们没有普通孩子的那些社交经历。

厘清这些感受

每次我靠近自己喜欢的人（我喜欢女生，不过我猜有些人可能喜欢同性）一点，十米之内吧，就会觉得自己好像一下子就从书呆子卢克·杰克逊（这个称呼我觉得还不错）变成了癞蛤蟆卢克·杰克逊。不知道因为什么，一旦某个女生在某个男生心目中（或者身体里！）[①] 的地位提高了，上升到了女神的程度，她就好像拥有了某种魔力，能让男生自惭形秽，哪怕仅仅是站在她旁边都会觉得自己低人一等。这种感觉和常见的社交状态很不一样，常见的社交状态下，女生会在你前面狠狠地摔门，还会骂你，反正就好像把你当成鞋底上的什么东西——像是狗屎一样。

我敢肯定，你们所有人都知道我说的是哪种女生，我更肯定的是，阿斯孩子经常遭遇这些。女生好像特别残忍，尤其是

---

① 译注：此处是怕阿斯孩子又因为字面意思抬杠说"人怎么可能在心目里"，所以作者用括号解释说明。

成帮结伙的时候。棍子和石头可能会砸断我的脊梁,但是语言从来伤害不到我。"蜜糖、香料,还有所有美好的东西,小女孩就是这些做的。""鼻涕虫、笨蜗牛,还有小狗尾巴,小男孩就是这些做的。"这是多么狗屁的一通胡说八道啊(抱歉我说了脏话,但是这是唯一合适的词了)。各位阿斯孩子,要是你从来都没听说过这些话,那我告诉你这些话是从儿歌里来的,很常见的儿歌,意思好像是小男孩是可怕的东西做的,小女孩是可爱的东西做的。可我们大家都知道这根本不是真的!

每次接近我喜欢的女孩时,哪怕只是简单地打个招呼,都会有一大堆的短语或句子立马涌上我的心头。当然了,这些短语句子在字面意思上表达的那些事都没有发生过,但是人们却会这样形容:腿变成果冻了、胃里有蝴蝶、舌头粘在上牙膛。等到真碰上这种事了,这些句子是什么意思就很清楚了。说"腿变成果冻了",意思是觉得"腿发软、腿直抖"。说"胃里有蝴蝶",这个不太确切,不过确实能表达那种紧张得心里直翻腾的感觉。要我说,更像滚筒洗衣机里的石头。但这种感觉跟心情沉重还不太一样,心情沉重是难过的那种感觉。说"舌头粘在上牙膛",或者"舌头打结",表达的是那种明明想说什么但又说不出来的感觉。

接近自己的女神时,常常还会脸红。我甚至都能红到耳朵。这意味着你感到很尴尬,但我认为这很正常。有人告诉我说,你自己感觉很明显,但其实其他人一点都看不出来,不过不知道为什么,我总是觉得很难相信。我的耳朵红得发亮的时候，会觉得就算突然断电，我自己一个人（或者靠一只耳朵）就能照亮整个教室！

阿斯伯格综合征和谈恋爱这件事根本就是八字不合。谈恋爱需要很多社交互动，但我得说我们在这方面的知识储备非常少，我很自信我这话能代表所有的阿斯孩子。更何况没有多少女生喜欢一天到晚地聊电脑的事！我找了很长时间，发现针对比较安静的孩子还有阿斯孩子，几乎没有什么恋爱秘籍。我觉得这可能纯粹是因为这个话题很不好把握。我现在就要扭转这种局面，写出一些金句宝典来，这些都是别人给我的一些建议。即便我是写给小孩看的，因为我自己也是小孩嘛，但是我相信这些建议对各个年龄段的阿斯人士都适用。不过，我还是觉得这种事不会因为几条建议就变得容易起来。

提高成功率的秘籍

谢谢我家三姐妹——蕾切尔、莎拉、安娜，为我提供了这些建议：

1. 定期淋浴或者洗澡、洗头，差不多每周 3 到 4 次吧（这个要看头发有多油）。我知道你可能不太愿意做这些事，但是我家的女生反复跟我强调，这很重要，因为会让对方觉得你花心思了。
2. 每天都要梳头，发型要讲究。尽管性格好很重要，但是外貌也能吸引人。

3. 至少早晚都要刷牙。(我怎么说话像妈妈似的!) 三姐妹说了,跟人说话时,最难受的莫过于对方牙上脏兮兮的,嘴巴臭乎乎的了。

4. 努力做自己。千万不要跟风,不要像绝大多数普通男生那样,也不要表现得牛哄哄的、装大尾巴狼。

5. 想办法和对方的朋友套近乎,打听一下人家喜欢什么。

6. 我家那几位女生说了,问问对方的朋友,看看人家对你到底感不感兴趣,愿不愿意跟你谈恋爱,这样做比较好。不过就我个人而言,我觉得这些朋友也许会大嘴巴,传得人尽皆知,所以要有心理准备,万一真是这样的话,应该怎么办。

7. 如果有人很直白地问你,是不是喜欢谁谁谁,可不要像我那样,死不承认,而是应该深吸一口气,然后说实话。(如果你是学生,那就要有心理准备,可能大家都会来笑话你!)

8. 如果心仪对象来找你说话,一定要仔细听,不要打断人家。

9. 记住,你喜欢的东西人家不一定喜欢,所以不要没完没了地说你喜欢的东西。有人告诉我说,想要判断聊天的时候谈你自己喜欢的东西是否合适,有个好办法,那就是如果对方问起与此相关的问题,你可以回答,但是自己不要主动提。

10. 不要太过严肃。女生喜欢比较有幽默感的男生。我家三姐妹说了，就算你的幽默感和别人不一样也没关系，女生喜欢看男生笑。

11. 最后——深呼吸，然后可以这么说："这周末要去看画展吗？"记住，没有决心可赢不来美丽的姑娘。
12. 还有最后一句（好吧，前面那句不是最后一句），如果你真的邀请了对方，而人家拒绝了，或者更糟糕的是，人家笑话你，一定要尽最大的努力避免受此影响。生活中就是会发生这样的事，我能说的就是"抖擞精神，振作起来，重新开始，从头再来"（这是一首歌里唱的）。

约会的注意事项

这里还是要谢谢我家三姐妹：蕾切尔、莎拉和安娜。

1. 虽然说起来容易做起来难，但还是请尽量放松一些。
2. 第一次见面时，尽量夸奖对方一下，比如说"你看上去真美"，如果是女生对男生说，那就说"这件衣服很适合你"。
3. 如果对方问类似这样的话："我看起来胖不胖？"或者甚至说"我不确定这条裙子合不合适"，那么这就是所谓的"求赞"。这些东西挺难理解的，但是我家女生告诉我不能实话实说，不能说"对，你确实挺胖的"这种话，而是应该说"别傻了，看起来好极了"，这样比较有礼貌。这不是在撒谎，只是在避开一个尴尬的问题，同时还夸了别人。不要瞎说实话！

4. 如果是你主动约的对方，那么就要准备好付两个人的账。如果对方坚持要各付各的，那就给人家买块巧克力或者买包糖什么的。

5. 不要假装打哈欠、伸懒腰，然后去搂人家。我家那几个女生说了，先从拉手开始比较好。

6. 如果你拉了对方的手，但是人家马上甩开了，那就表示人家不希望你这样做。如果事先不确定，那最好是先问一下。

7. 如果别人触摸你（不管是哪里）或者吻你的时候，你感到不舒服，那就躲开，然后说："你这样我不舒服。"千万不要不喜欢也忍着。

8. 不要坐立不安的，抖腿或者动脚，手指头"嗒嗒嗒"地敲东西，咬指甲等，通通都不行。绝大部分女生都觉得这样特别烦人。(妈妈，是不是这样的啊？)

9. 还记得前面说过跟心仪对象说话时要遵循哪些规则吗？等你跟人家约会或者出去的时候那些规则依然适用。不要一直没完没了地说你自己喜欢的东西，对方说话的时候要仔细听。

10. 约会结束的时候不要想着亲人家。这是一个全新的课题，而且也很难。如果你们过得很愉快，那么吻一下脸也许是可以的。

11. 如果约会还挺成功的，你也很幸运地牵了对方的手或者吻了对方，之后千万不要到处广播。如果你有一个特别好的朋友，告诉他也无妨，但是一个就够了。记住，人多嘴杂，祸从口出！

12. 如果约会不太顺利，你们合不来，也不要太有压力，友好地道声再见，还可以继续做朋友。

13. 如果你真的不愿意和对方约会，不要迫于压力答应，只需尽量友好地告诉对方，你不想再跟他（她）出去了。

14. 还得最后再说一句：如果约会过一次甚至好多次以后，对方决定甩了你，那就接受好了，这是人家的决定，他们有权这样做。不要觉得这是对你人格的侮辱，有些人就是和你合不来。

我知道我只有13岁，还有阿斯伯格综合征，可能没资格写这些建议，但是大家不都经常写自己没有亲身经历过的事嘛。我必须要对我的兄弟姐妹表示极大的感谢，他们给了我很多建议，至少我是打算尽早去实践一下了——祝我好运吧！

道德和原则——理想与现实

我写这本书，还有一个原因，那就是想让人们了解阿斯伯格综合征人士——尤其阿斯伯格青少年——的生活到底是什么样的。另外，我也希望能借这本书进行科普，消除人们对阿斯人士和孤独症谱系人士的误解。在我看来，年轻人，尤其是十几岁的孩子好像很难得到公平对待。和我有同感的小伙伴们快举手说"然也"！英国的法律里，根本没有明文规定青少年到了什么时候才算"成年"，真是太奇怪了。我对其他国家的法律完全不了解，但我觉得你们看到这里肯定能联想到自己国家法律里也有这种稀里糊涂的地方。

我还没到这个时候，不过我的哥哥姐姐已经碰到这个问题了。法律规定，满16岁就可以有性行为，但是未满18岁如果想要结婚就必须征得家长同意。满16岁可以吸烟，但是未满18岁就不可以出入酒吧，也不能买酒。这种规定对我倒没什么影响，因为我不会去抽烟喝酒，很多阿斯孩子大概也不会这样做。但是对于我姐姐那种社交达人来说就不一样了。我就是很疑惑，那么这些人16岁到18岁期间应该干什么呢——要天天待在家里抽烟、乱谈恋爱吗？

一群青少年去商店，店主会不自觉地提高警惕，怀疑他们可能要偷东西。一群男孩去看足球比赛，警察也会如临大敌，把他们当成足球流氓。

马修说，小伙子们去夜店的时候，经常被保安拦下来，也没什么理由，就是怀疑他们可能会打架斗殴。马修现在有自己的车，可是他开车的时候经常莫名其妙地就被拦下检查，好多次了。妈妈开车就没被拦过，马修可是什么事都没犯。我觉得肯定是因为他年纪小。十几岁的孩子就是这么不受待见，反正我觉得很不公平。我，还有很多跟我差不多大的孩子都因为这个年纪陷入了很尴尬的境地，因为进入了青春期，我们就成了"另类"。

有时候，我觉得根本没有人真正了解阿斯伯格综合征，所以应该多做一些科普宣传，要想办法让人们知道他们在学校里或者工作中碰到的那些所谓"书呆子""怪胎"很有可能就有阿斯伯格综合征，可是因为人们不了解，这些人遭到了很多的误解。虽然现在人们对孤独症的了解更多了（注意我的用词是"了解"，而不是"理解"），但我觉得大家对于阿斯伯格综合征只是一知半解而已，并不清楚它到底是怎么回事。

不得不说，并不是所有人都想搞清楚的，而且还总有那么一些人，碰到和自己不一样的人，就喜欢笑话人家，拿人家取乐。毕竟，江山易改，本性难移（这里的"江山"和"本性"都需要去本书后面查！）。

负面宣传

我不想告诉别人我有阿斯伯格综合征,其中一个顾虑就是担心别人可能会觉得这是精神病。看到这里的读者如果患有精神疾病或者认识精神疾病患者,我要先道个歉,这里不是说精神病不好的意思。恰恰相反,我觉得精神疾病患者的处境比阿斯伯格综合征人士更加艰难。我敢肯定会有很多人觉得我说得不对,当然了,每个人都有自己的观点。这只是我的看法,毕竟我现在只有 13 岁,说不定以后的想法也会变。我这样想,是因为我看新闻或者其他节目里,但凡出现跟精神分裂症和其他精神疾病相关的报道,永远都是负面的形象。在这些报道中,精神病人基本就是无缘无故到处捅人、犯下恶劣罪行的那种人。当然了,这些报道也会引发一些讨论,有人会替精神病人抱不平,觉得是社会待他们不公,才让他们落到如此境地,有很多精神病人都流落街头,等等。我相信确实有一部分原因,不过我也相信并不是所有精神病人都会到处惹事犯罪。有些案件,大肆宣扬,会让不了解的人感到焦虑,这也是可以理解的。想想看,不管有什么理由,谁都不愿意被捅伤吧。

就因为上面提到的这些问题,还有很多对阿斯伯格综合征、孤独症、注意缺陷多动障碍的污名化,才需要更多的科普,来提高人们有关这方面的意识。我也很想知道,那些确诊了精神分裂症或者其他疾病的人有没有可能其实是有孤独症谱系障碍,只是从来没有人真正理解他们。我不太了解精神分裂症和其他精神疾病，不过我能想象，人要是一辈子都活在困惑和误解当中，也难怪看起来好像有严重的精神疾病了。我敢说除了精神疾病，还会引发抑郁症。

妈妈说我小的时候经常尖叫、乱踢、扔东西，因为她不知道我为什么会那样，所以帮不了我，只能放任我尖叫什么的。她说，现在回头看看，她当时可能无意中打破了我的生活规律，或者让我受到了太多的感官信息刺激，所以我才会暴躁抓狂。我简直不敢想象，如果一辈子都这样那该有多可怕。我觉得可能就得关在什么地方，孤老终生了。不过，这只是我现在的想法，毕竟我只有 13 岁（我又拿年龄当挡箭牌了）。

媒体上充斥着负面新闻，国内新闻也几乎不报什么好消息，全是抢劫、强奸，还有谋杀、入室盗窃，等等。我个人觉得，要是大家日常聊的（不是说我会聊天，而是我知道和家长聚在一起的时候，孩子们，不管是阿斯孩子还是普通孩子，都得聊点什么……唉，好痛苦）都是"今天新闻里那个人特厉害，你看了没"这种话题，总比"今天新闻也太吓人了"这种让人开心点吧，可惜现实不是这样的。真不知道到底是大家想看负面东西，所以媒体才只报道负面新闻，还是媒体只报道负面新闻，所以大家才只聊负面东西的。哪个在前呢？先有蛋还是先有鸡？正因为大家关注的都是病态和负面的东西，所以一旦阿斯人士犯了罪，自然就会冲上头条，继而整个群体就会被污名化，然后我们大家都会跟着吃瓜落儿（什么意思到本书后面去查查）。

规则就是用来遵守的

很多人可能是这么想的,阿斯人士犯罪,是因为他们本身就容易犯罪。我觉得这么想完全不对,甚至还有点侮辱人……说实在的,非常侮辱人。阿斯战友们,你们有没有被人叫过"国际警察",还说你们"总把自己当根葱"?我反正经常碰到这种情况,基本都是因为我们总是循规蹈矩,甚至还挺喜欢这些规矩的。规则跟约定俗成不一样,规则就是用来遵守的。我就喜欢遵守规则……我也说不清为什么,可能这样会让我比较有安全感。我们天生就是刻板思维。阿斯人士的行为模式是贯穿终生的,所以,怎么可能一长大(或者不管什么年龄段)就突然间不喜欢规则了呢?这是完全没有道理的,根本就不合逻辑。

大家对于阿斯人士有个很普遍的印象,觉得他们很难理解别人的感受和想法,怎么说呢,在某种程度上说确实是这样的。我猜那种所谓"阿斯人士容易犯罪"的说法就是这么来的,是以为我们意识不到某些事情会伤害或者妨碍别人,所以才会犯罪的吗?虽然阿斯人士当中可能有犯罪的,但是总的来说,阿斯人士恰恰不容易犯罪,反正就我来说肯定是这样。有些人可能会觉得阿斯人士犯罪时是这么想的:"法律是规定了我不能闯入别人家,但是他们家有我没有的东西啊,所以我就得进去。"这简直是大错特错。其实,阿斯人士更有可能是这么想的:"既然法律规定了不能闯入别人家,那我就不能那样做。"因为我们喜欢规则。有了规则,事情才更好理解。规则是一目了然的,又很可靠。阿斯人士可比普通人教条多了。

这里的意思并不是说,不管别人让阿斯人士做什么,他们都会去做,希望大家不要误解。反正我是可以分得很清楚,哪些规则制定出来是为了大家好的,哪些只是孩子之间暗戳戳的"心照不宣",这种"心照不宣"甚至大人之间也有。不过,我得承认,哪些规则好,哪些规则不好,我也不是总能分清,我敢肯定许多阿斯孩子和我一样。大人们,这种时候就该你们出手了,你们要负责把这些事情解释清楚。

别人让我抽烟,我就会去抽?肯定不会。我最讨厌抽烟了。政府不禁烟,只是因为烟草税比其他东西的税都高。社会上一直都有死于肺癌、肺气肿或其他相关疾病的人。跟我差不多大的孩子开始抽烟,大多是因为觉得这样显得很"硬核",但其实,面对那些对自己和周围有害的事情,没有勇气说"不",这样一点都不"硬核"。我认为,阿斯人士要是知道抽烟的危害,就根本不可能去抽。我们长个肺又不是用来刷焦油的!我倒觉得,我们阿斯人士看事情,更能看到本质,而不是表面。

除了抽烟,其他事情也是一样,比如有人让你去偷东西,或者教唆你做一些违法的事情。虽说十几岁的孩子大多并不坏,但是他们喜欢拉帮结伙、四处乱窜,做一些出格的事情,也不管对不对,好像谁胆子大谁就能加分似的。我反正还是宁愿继续做我的"胆小鬼"。如果有人喊我一起去偷商店、吸毒或是抽烟，我会直截了当地拒绝。等我再长大点，倒是可能会喝酒，不过应该只是稍微喝一点，但是说不定哪天也会喝醉。我才13岁（我说过我的年龄了吧？……有点可笑哈），所以现在也不能把话说死。

所以，要是因为没有跟别人一起抽烟、偷东西，就被叫作"怪胎""书呆子"的话，那就笑笑对自己说："反正得肺癌的不会是我，进少管所的也不会是我。"然后该干什么还干什么就好啦。你要是想交朋友，那些想让你做坏事的人一定不能交。朋友就应该接受你本来的样子，不管你是古怪还是其他样子。

阿斯少年的良心话

1. 先说最最重要的。记住了，你有阿斯伯格综合征，所以你跟别人不一样，这其实很酷。和普通人相比，你既不笨不丑，也不闷——只是不一样，仅此而已。想想看，要是大家想得都一样，长得都一样，行动举止也都一样，那多没意思啊！

2. 不要觉得自己有阿斯伯格综合征或者其他障碍，别人就应该让着你。别人因为你有阿斯对你有偏见，这是不对的，反过来也一样，你因为自己有阿斯就对别人有偏见，也是不对的。

3. 有个黄金法则，其实是圣经里说的，"你们愿意人怎样待你们，你们也要怎样待人"。我觉得这句话从字面上就能看出来什么意思，不过如果你不太确定，我就解释一下，这句意思是说：你自己不喜欢的，也不要强加给别人。我觉得这条法则非常好。

4. 不要为了有个好人缘或者为了掩盖自己的缺陷去做任何违背本心的事情。

5. 要是你还没有准备好，或者还没到年龄，不要迫于压力去和人发生性行为，也不要去做类似的事情。记住了，根据英国法律规定，16岁以后才可以。我不知道别的国家是怎么规定的。不过，这个规定也不是说法定年龄够了就一定要去做这些事。等到比这大很多的年纪再去做，那也没什么。

6. 记住，千万不能碰毒品，哪怕一粒都能要了你的命。无论别人怎么劝你，永远永远不要尝试这种东西，绝对不要。

7. 记住了，尼古丁比海洛因还容易让人上瘾，一旦你抽了第一根烟，可能就会喜欢上烟，无法戒断。一定要有拒绝的勇气！

还应该记住的是，我们不能一味索取自己想要的东西，否则的话，尽管有些方面可能变好了，但是长远看来，整体的局面可能就乱了。有些人过于贪婪、索取无度，那么可能就会有人因此挨饿。人们什么都去掠夺、去开发，这样发展下去，像矿物燃料这样的资源就会消耗得越来越快，正因为如此，整个世界才变成了现在这个样子。有的国家还有人吃不饱饭饿得要死，而有的国家却有人吃得太多得了心脏病。这个世界发展得太不均衡了，到处都是强权政府，到处都有霸道的人，想要霸占国家，还想凌驾于别人之上。

我还是赶快结束这一章吧，不能再在这高谈阔论的了。另外，我还得解释一下，我说这些，绝不代表我就做得无懈可击（我写这段的时候，我家那些孩子肯定是拼命点头同意的）。我可不希望我的阿斯战友们觉得我挺假正经的，只会在这指点江山。有时候，我也会做一些不该做的事，但是做完之后我就特别烦躁。如果还被抓包了，那就会更烦躁！我一点都不完美，我撒过谎，时不时地还从碗橱里"偷"东西。不过，我真的觉得这和"容易犯罪"不是一码事。我从来都没想过要违法犯罪，我非常清楚，如果那样的话，会有人因此受到伤害，我不希望这样。我做过的比较出格的事，也就是偷偷从碗橱里拿饼干吃，然后假装没拿，免得给自己惹麻烦。饼干的诱惑实在是太大了，关上门，打开我的熔岩灯和光纤灯，坐下来边吃饼干边看书，对我来说，实在没有比这更好的事了。当然了，那个时间我是应该睡觉的，所以"偷"饼干其实刚好暴露了我自己！

正能量结束语

你们现在觉得自己没那么怪了吧？至少是发现了自己不是一个人在战斗吧？如果答案是肯定的，那么这本书就还算成功。卢克·杰克逊，给自己点个赞！吼吼……我有点不太谦虚了哈！这本书的写作过程对我自己来说也挺神奇的，让我学到了很多东西，我希望对我的读者来说也是一样。我在书里写了小学时参加过的那些游戏活动，我是想以此来告诉家长，这种时候——轰隆一声，激素就像街道上横冲直撞的卡车一样冲向了我，而我能做的就只是傻呆呆地站在那里，像一只受惊的兔子——阿斯孩子到底是怎么想的。不过，我得坦白一下，怪异也好，困惑也罢，我还挺喜欢这样全新的我的——至少有时候是喜欢的。不过，有时候，我也会盼着钻到那顶只露眼睛的帽子里，或者拿上我的铅笔，这样才能给我点安全感。

在这一点上，十几岁的孩子可能都是一样的，不管有没有阿斯伯格综合征。我不知道你们怎么样，反正我自己是这样的，有时候早上醒来觉得自己长大了、成熟了，可以顶天立地了，但是有时候又觉得自己还很小，也很傻。妈妈经常说,我有起床气①,所以很难控制情绪,反而是被情绪控制。不过我还是得说,在这一点上,我跟二姐莎拉还是没法比的,要是有个全球最情绪化孩子评选的话,那她肯定是第一名(对不起,莎拉,虽然你挺可爱的,但我说的是真的,你自己也知道吧)。

一提到孤独症和阿斯伯格综合征,绝大部分人想到的就是《雨人》,是不是挺烦的?没看过这部电影的(虽然我敢说没看过的应该不多)听我讲讲,电影主人公有阿斯伯格综合征,他天赋异禀,一堆火柴棍或者一把扑克牌扔出去,还没落地呢,他就能说出有多少根或者多少张。还有些节目,演的是某某某都不用人教自己就学会了弹钢琴,还弹得非常好,还有某某某也是天资超凡,有些建筑只看一次,就能原原本本地画出来,丝毫不差。确实很神奇,这些人被称为"天才孤独症"②,在孤独症谱系人群中所占比例很少,与他们相比,大多数孤独症谱系人士基本都是能力平平,有高有低。

看着这些节目,我不知道你们感觉怎么样,反正我挺郁闷的。让我觉得我这个阿斯只有书呆子和怪胎那部分特质,一点天才特质都没占上!要是能有点才艺,在所有女生面前显摆显

---

① 译注:原文"I have got out of bed on the wrong side.",字面意思是"下床的时候没从对的那边下",所以原文括号里解释"Mine is up against a wall",即"我的床是靠墙放的",意指只能从一边下床。此处意译为"有起床气",括号里的原文则未做翻译。

② 译注:约10%的孤独症人士患有学者症候群(Savant-Syndrome),学者症候群指的是有认知障碍、但在某一方面却有超乎常人的能力。

摆，那该多酷啊……可惜，唉。男生想想就得了！这种节目还误导了广大群众，好像我们都得有点什么天赋似的，这种误导一点好处都没有。各位家长，可别指望自家孤独症孩子或者阿斯孩子会突然间成为什么天才。他们可能就是没有超凡的能力，但是他们作为一个人，并不比所谓"天才"少什么。我们每个人，各有各的精彩。我这里得说一下，只因为阿斯人士和别人不一样，就觉得阿斯人士优于普通人，或者觉得阿斯人士不如普通人，这两种想法都是偏见，都不对。

各位阿斯读者，请记住，我们希望人们尽量理解和接纳我们、接纳我们的阿斯特质，同样，我们也得尽量理解和接纳别人跟我们不一样。如果别人理解不了我们，也不怪他们，他们确实做不到。这需要靠我们去做科普，让别人明白。普通人能做到的，就是尝试着去理解我们，不要先入为主地认为我们少数群体就是低人一等。如果他们不这样做，就大错特错了。我姐姐的所作所为在我看来特别奇怪，跟外星人似的，我们对好玩和不好玩的定义完全不一样，理解和看待事情的角度也完全不一样，但我还是能接受我们之间的差异。不存在谁比谁好、谁比谁差。妈妈说不愿意去了解和接纳差异，那才是真的糟糕。说得好极了！

我们都知道，有些人就是不想了解别人，就是想从欺负别人当中寻求快感。这个世界上，有很多坏人，但也有很多好人。我个人觉得好人比坏人多。我们要积极一点，看好的方面。总是被人误解，总是误解别人，这一切确实可能会让你心力交瘁，碰到这种事情的时候，就给自己的心放个假。找个你最喜欢的方式放松一下。我的方式是打游戏或者看书。要是天气比较暖和，我会出去玩蹦床。我家有个大蹦床，周围还有个巨大的网，我经常在上面不停地蹦，再不然就躺在上面，感觉那些烦恼和忧虑都像秋天的落叶一样飘到了地上。你喜欢什么样的放松方式，就选什么样的方式。要开发出适合自己的方式，来清除那些烦恼，然后重新开始，就像清理磁盘后重启电脑一样。

有时候，我就提前从学校回家，或者从床上爬起来，站在那里，盯着某个东西一动不动。没有孤独症谱系障碍的普通人常常忙于生活琐事，好像没时间注意周围的微末小事。我从广告里听到过一句话，不过实际上是威廉·亨利·戴维斯（William Henry Davies, 1871—1940）说的，原话是："如果没有闲暇停下脚步欣赏，这种忧心忡忡的生活怎能想象？"停下脚步欣赏——这正是我经常做的事情。那些高楼大厦很迷人，那些花草树木也很迷人——不同的形，不同的面，不同的角，所有这些构成了一个整体。只是盯着一块地板看上一段时间，稍稍眯一下眼、转一下头，都能看出不一样的图案。

我知道，这样做有时候也是个问题，尤其是想要集中精力做什么事的时候。周围总有不同的东西分散你的注意力，就比较容易走神，尤其是上课或者考试的时候，那就更烦心了。所以最好是想个什么办法，把视线挡住，让自己看不见那些分心的东西，这样就可以全神贯注干正经事了。不过，总的来说，盯着某个东西任思绪天马行空，这绝对是我自己最喜欢的一个阿斯特质了。

这种小孩子的把戏让我对周围的世界，尤其是对这个世界上的某些人，多了一点点认识。虽然我对青春期世界的规则还摸不着头绪，也不感兴趣，但越来越能融入其中。不过呢，说实话，我得承认，这些感觉天天都在变化。有时候我甚至都怀疑我的诊断是不是搞错了，不过有时候我又觉得自己真是全球头号怪胎！以前我每天有99%的时间都在琢磨电脑，现在已经降到97%了。你们能猜到剩下3%的时候我都在想什么吗？

这本书从头到尾我都尽量积极向上，我也确实相信，想要达到内心的安宁与平和（这么说是不是挺嬉皮的——是的，伙计！），关键在于对自己要有个清醒的认识，知道自己的优势，也了解自己的弱势。说实在的，活得这么艰难，确实让我深感疲惫，要说不累的话那是在骗人，所以我经常需要时间来喘息和调整。我会把自己封闭在电脑的世界里，这个时候争吵就来了，因为妈妈说过度沉溺于某件事情，无论这件事是什么，都是不健康的。可能她是对的，也许吧，但是那种时候我就得那样。反正我也从来没有自称完美孩子，毕竟……我才只有13岁！

作为本书的结束语，我能说的就是（到最后了，得给大家留个超级滑稽的画面）：不管做什么，都要相信自己，埋头苦干,千万不要掉链子。① 如果发现自己要掉链子,那就停下来,喘口气,记住了,不到最后不见真章。

---

① 译注:此处作者连用几个字面意思有具体形象的俗语,"keep your nose to the grindstone and your head above water" "it isn't over until the fat lady sings",可能会让只理解字面意思的阿斯读者感到困惑或者想到具体的画面,所以作者解释说"到最后了,得给大家留个超级滑稽的画面"。

习语注释

· 爱叫的狗其实不咬人。

有些人虽然说话凶,但实际上还挺好的,类似"刀子嘴豆腐心"。

· 把黑桃叫作"黑桃"。

实话实说,有什么说什么,不拐弯抹角。这种说法在公元前300年就有了,比用"黑桃"指代非洲人这种用法还要早。①

· 小说《第二十二条军规》。

美国作家约瑟夫·海勒的长篇小说。既然能以自己是疯子为理由提出免除飞行任务,那么肯定是可以正常思考的,那就必然没有真疯。

· 覆水难收。

事情已经发生了,没必要焦虑。

---

① 译注:二十世纪二十年代,曾用"黑桃"指代非裔美国人,含有贬义。

- **脸上阴云密布。**

看起来非常生气。

- **掏腰包。**

付钱买东西。

- **背包走人。**

被人解雇。

- **跳跃性思维。**

脑子里一会儿一个想法。

- **扪心自问。**

诚实面对自己，有反省之意。

- **屋漏偏逢连夜雨。**

福无双至、祸不单行，意为麻烦总是接踵而至。

- **千万不要掉链子。**

坚持不懈，不松劲。

- **不到最后不见真章。**

不到结束不分胜负。

- **江山易改，本性难移。**

有些人就是不会变的。

· 人多嘴杂，祸从口出。

二战中盟军的口号，意思是说话不小心可能会走漏消息给敌军。

· 一人难挑千斤担，众人能移万座山。

人多力量大的意思。

· 不能在一棵树上吊死。

做事不止一种方法。

· 美上天了。

特别开心。

· 就在嘴边。

差点就能想起来。

· 一帆风顺。

非常顺利，毫无波折或挫折。

· 天上掉馅饼。

不切实际的梦想、异想天开。

· 猪上树。

某事不可能发生。

· 扎眼。

看起来比较显眼，惹人注目。

· 喘口气。

休息一下。

· 关公面前耍大刀。

教专家或者内行做事。

· 厨子多了煮坏汤，木匠多了盖歪房。

一起工作固然不错，但是人太多反倒可能会误事。

· 养了狗为什么还要自己叫？

能叫别人去做的，为什么自己还要做？

· 吃瓜落儿。

指跟在某件事情后面受了牵连、倒了霉。

译后记

这是一个"怪孩子"的自白。

一本阿斯星人误闯地球的"迷航"日志。

翻译这本书的过程，就像是看着自己的孩子在一个陌生世界里摸爬滚打、跌跌撞撞，踩着独特的舞步，虽然稍显笨拙，但从未放弃努力。

最初吸引我的，是扉页上的两句话：

献给那些感觉自己格格不入的人。

请记住：你很特别，这其实很酷！

其实，这也是我想通过翻译传递给所有阿斯孩子的信息。

前两天在 *Science daily* 上看到一篇文章，文章提到了 2022 年 4 月 *Autism* 发表的一篇论文的研究结果：孤独症人士如果从小就知道自己的病情，成年之后生活质量可能会更高、幸福感更强；成年后才知道自己患有孤独症的人士，在首次得知诊断结果时态度较为积极，甚至有种如释重负的感觉。这说明，尽早让孩子知情，对他们是有益的，这样可以帮助他们更好地了解自己。

这与作者的观点不谋而合。

而我选择翻译这本书,也是想告诉所有阿斯孩子:有孤独症不是你的错,有孤独症意味着你的思维方式很特别,这可能会让你面临很多困难、觉得活得很辛苦,但同时也能让你变得很强大,让你活得有价值。

其实我们很多成年人,终其一生都在与自己较劲、都在挣扎着与自己和解,对于阿斯孩子来说,我希望这种和解来得早些。

就这本书的名字,也很是挣扎了一段时间。

编辑和我先后想了十来个名字,都没有特别满意的,曾经想用"格格不入?那就格格不入!",但是又担心对看书的孩子有误导,他们会不会真的以此为理由不去改进应该改进的地方?毕竟作者一开头就引用了梭罗的话:如果一个人总是与周围格格不入,也许因为他踩的是不同的舞步,那就让他按自己的节奏跳吧,无论那旋律多慢、多远,无论你能否听见。

不过,我还是认为,这里有个前提,那就是你的舞步不能踩别人的脚。

作者自己也强调:"没有人是一座孤岛,人只要活着就不可能完全不受规则的约束,也不可能完全脱离于这个社会……我的建议就是尽最大可能遵守规则。"

"踩不同的舞步"和"尽量遵守规则"看似矛盾,但其实是一枚硬币的两面,自由与规则,本来就是辩证统一的。争取"按自己节奏跳舞"的自由,但又不能自由到不为"舞场"接

华 夏 特 教

书号	书名	作者	定价
	孤独症入门		
*0137	孤独症谱系障碍：家长及专业人员指南	[英]Lorna Wing	59.00
*9879	阿斯伯格综合征完全指南	[英]Tony Attwood	78.00
*9081	孤独症和相关沟通障碍儿童治疗与教育	[美]Gary B. Mesibov	49.00
*0157	影子老师实战指南	[日]吉野智富美	49.00
*0014	早期密集训练实战图解	[日]藤坂龙司 等	49.00
*0116	成人安置机构ABA实战指南	[日]村本净司	49.00
*0510	家庭干预实战指南	[日]上村裕章 等	49.00
*0119	孤独症育儿百科：1001个教学养育妙招（第2版）	[美]Ellen Notbohm	88.00
*0107	孤独症孩子希望你知道的十件事（第3版）		49.00
*9202	应用行为分析入门手册（第2版）	[美]Albert J. Kearney	39.00
*0356	应用行为分析和儿童行为管理（第2版）	郭延庆	88.00
	教养宝典		
*0149	孤独症儿童关键反应教学法（CPRT）	[美]Aubyn C. Stahmer 等	59.80
*0461	孤独症儿童早期干预准备行为训练指导	朱璟、邓晓蕾等	49.00
9991	做看听说（第2版）：孤独症谱系障碍人士社交和沟通能力	[美]Kathleen Ann Quill 等	98.00
*0511	孤独症谱系障碍儿童关键反应训练掌中宝	[美]Robert Koegel 等	49.00
9852	孤独症儿童行为管理策略及行为治疗课程	[美]Ron Leaf 等	68.00
*0468	孤独症人士社交技能评估与训练课程	[美]Mitchell Taubman 等	68.00
*9496	地板时光：如何帮助孤独症及相关障碍儿童沟通与思考	[美]Stanley I. Greensp 等	68.00
*9348	特殊需要儿童的地板时光：如何促进儿童的智力和情绪发展		69.00
*9964	语言行为方法：如何教育孤独症及相关障碍儿童	[美]Mary Barbera 等	49.00
*0419	逆风起航：新手家长养育指南	[美]Mary Barbera	78.00
9678	解决问题行为的视觉策略	[美]Linda A. Hodgdon	68.00
9681	促进沟通技能的视觉策略		59.00
*8607	孤独症儿童早期干预丹佛模式（ESDM）	[美]Sally J.Rogers 等	78.00
*9489	孤独症儿童的行为教学	刘昊	49.00
*8958	孤独症儿童游戏与想象力（第2版）	[美]Pamela Wolfberg	59.00
*0293	孤独症儿童同伴游戏干预指南：以整合性游戏团体模式促进		88.00
9324	功能性行为评估及干预实用手册（第3版）	[美]Robert E. O'Neill 等	49.00
*0170	孤独症谱系障碍儿童视频示范实用指南	[美]Sarah Murray 等	49.00
*0177	孤独症谱系障碍儿童焦虑管理实用指南	[美]Christopher Lynch	49.00
8936	发育障碍儿童诊断与训练指导	[日]柚木馥、白崎研司	28.00
*0005	结构化教学的应用	于丹	69.00
*0402	孤独症及注意障碍人士执行功能提高手册	[美]Adel Najdowski	48.00
*0167	功能分析应用指南：从业人员培训指导手册	[美]James T. Chok 等	68.00
9203	行为导图：改善孤独症谱系或相关障碍人士行为的视觉支持	[美]Amy Buie 等	28.00

系列丛书

书号	书名	作者	定价
融合教育			
*9228	融合学校问题行为解决手册	[美]Beth Aune	30.0
*9318	融合教室问题行为解决手册		36.0
*9319	日常生活问题行为解决手册		39.0
*9210	资源教室建设方案与课程指导	王红霞	59.0
*9211	教学相长：特殊教育需要学生与教师的故事		39.0
*9212	巡回指导的理论与实践		49.0
9201	你会爱上这个孩子的！：在融合环境中教育孤独症学生（第2版）	[美]Paula Kluth	98.0
*0013	融合教育学校教学与管理	彭霞光、杨希洁、冯雅静	49.0
0542	融合教育中自闭症学生常见问题与对策	"基础教育阶段自闭症学生支持服务体系建设"项目	49.0
9329	融合教育教材教法	吴淑美	59.0
9330	融合教育理论与实践		69.0
9497	孤独症谱系障碍学生课程融合（第2版）	[美]Gary Mesibov	59.0
8338	靠近另类学生：关系驱动型课堂实践	[美]Michael Marlow 等	36.0
*7809	特殊儿童随班就读师资培训用书	华国栋	49.0
8957	给他鲸鱼就好：巧用孤独症学生的兴趣和特长	[美]Paula Kluth	30.0
*0348	学校影子老师简明手册	[新加坡]廖越明 等	39.0
*8548	融合教育背景下特殊教育教师专业化培养	孙颖	88.0
*0078	遇见特殊需要学生：每位教师都应该知道的事		49.0
生活技能			
*0130	孤独症和相关障碍儿童如厕训练指南（第2版）	[美]Maria Wheeler	49.0
*9463	发展性障碍儿童性教育教案集/配套练习册	[美]Glenn S. Quint 等	71.0
*9464	身体功能障碍儿童性教育教案集/配套练习册		103.0
*0512	孤独症谱系障碍儿童睡眠问题实用指南	[美]Terry Katz 等	59.0
*8987	特殊儿童安全技能发展指南	[美]Freda Briggs	42.0
*8743	智能障碍儿童性教育指南		68.0
*0206	迎接我的青春期：发育障碍男孩成长手册	[美]Terri Couwenhoven	29.0
*0205	迎接我的青春期：发育障碍女孩成长手册		29.0
*0363	孤独症谱系障碍儿童独立自主行为养成手册（第2版）	[美]Lynn E.McClannahan 等	49.0
转衔|职场			
*0462	孤独症谱系障碍者未来安置探寻	肖扬	69.0
*0296	长大成人：孤独症谱系人士转衔指南	[加]Katharina Manassis	59.0
*0528	走进职场：阿斯伯格综合征人士求职和就业指南	[美]Gail Hawkins	69.0
*0299	职场潜规则：孤独症及相关障碍人士职场社交指南	[美]Brenda Smith Myles 等	49.0
*0301	我也可以工作！青少年自信沟通手册	[美]Kirt Manecke	39.0
*0380	了解你，理解我：阿斯伯格青少年和成人社会生活实用指南	[美]Nancy J. Patrick	59.0

社交技能

编号	书名	作者	价格
*9500	社交故事新编(十五周年增订纪念版)	[美]Carol Gray	59.00
*0151	相处的密码：写给孤独症孩子的家长、老师和医生的社交故事		28.00
*9941	社交行为和自我管理：给青少年和成人的5级量表	[美]Kari Dunn Buron 等	36.00
*9943	不要！不要！不要超过5！：青少年社交行为指南		28.00
*9942	神奇的5级量表：提高孩子的社交情绪能力（第2版）		48.00
*9944	焦虑，变小！变小！（第2版）		36.00
*9537	用火车学对话：提高对话技能的视觉策略	[美] Joel Shaul	36.00
*9538	用颜色学沟通：找到共同话题的视觉策略		42.00
*9539	用电脑学社交：提高社交技能的视觉策略		39.00
*0176	图说社交技能（儿童版）	[美]Jed E.Baker	88.00
*0175	图说社交技能（青少年及成人版）		88.00
*0204	社交技能培训实用手册：70节沟通和情绪管理训练课		68.00
*0150	看图学社交：帮助有社交问题的儿童掌握社交技能	徐磊 等	88.00

与星同行

编号	书名	作者	价格
*0428	我很特别，这其实很酷！	[英]Luke Jackson	39.00
*0302	孤独的高跟鞋：PUA、厌食症、孤独症和我	[美]Jennifer O'Toole	49.90
*0408	我心看世界（第5版）		59.00
*7741	用图像思考：与孤独症共生	[美]Temple Grandin 等	39.00
*9800	社交潜规则（第2版）：以孤独症视角解读社交奥秘		68.00
8573	孤独症大脑：对孤独症谱系的思考		39.00
*0109	红皮小怪：教会孩子管理愤怒情绪	[英]K.I.Al-Ghani 等	36.00
*0108	恐慌巨龙：教会孩子管理焦虑情绪		42.00
*0110	失望魔龙：教会孩子管理失望情绪		48.00
*9481	喵星人都有阿斯伯格综合征	[澳]Kathy Hoopmann	38.00
*9478	汪星人都有多动症		38.00
*9479	喳星人都有焦虑症		38.00
*9002	我的孤独症朋友	[美]Beverly Bishop 等	30.00
*9000	多多的鲸鱼	[美]Paula Kluth 等	30.00
*9001	不一样也没关系	[美]Clay Morton 等	30.00
*9003	本色王子	[德]Silke Schnee 等	32.00
9004	看！我的条纹：爱上全部的自己	[美]Shaina Rudolph 等	36.00
*8514	男孩肖恩：走出孤独症	[美] Judy Barron 等	45.00
8297	虚构的孤独者：孤独症其人其事	[美] Douglas Biklen	49.00
9227	让我听见你的声音：一个家庭战胜孤独症的故事	[美]Catherine Maurice	39.00
8762	养育星儿四十年	[美]蔡张美铃、蔡逸周	36.00
*8512	蜗牛不放弃：中国孤独症群落生活故事	张雁	28.00
*9762	穿越孤独拥抱你		49.00

经典教材|学术专著

编号	书名	作者	价格
*0488	应用行为分析（第3版）	[美]John O. Cooper 等	498.00
*0464	多重障碍学生教育	盛永进	69.00
9707	行为原理（第7版）	[美]Richard W. Malott 等	168.00
*0449	课程本位测量实践指南（第2版）	[美]Michelle K. Hosp 等	88.00
*9715	中国特殊教育发展报告（2014-2016）	杨希洁、冯雅静、彭霞光	59.00
*8202	特殊教育辞典（第3版）	朴永馨	59.00
0490	教育和社区环境中的单一被试设计	[美]Robert E.O'Neill 等	68.00
0127	教育研究中的单一被试设计	[美]Craig Kenndy	88.00
*8736	扩大和替代沟通（第4版）	[美]David R. Beukelman 等	168.00
9426	行为分析师执业伦理与规范（第3版）	[美]Jon S. Bailey 等	85.00
*8745	特殊儿童心理评估（第2版）	韦小满、蔡雅娟	58.00
0433	培智学校康复训练评估与教学	孙颖、陆莎、王善峰	88.00

新书预告

出版时间	书名	作者	估价
2023.12	特殊教育和融合教育中的评估	[美]John Salvia 等	148.00
2023.12	孤独症学生融合学校环境创设与教学规划	[美]Ron Leaf 等	88.00
2023.12	情绪四色区	[美]Leah Kuypers	69.00
2024.01	孤独症及相关障碍儿童社会情绪课程（初阶）	钟卜金、王德玉、黄丹	88.00
2024.01	融合教育实践指南：校长手册	[美]Julie Causton	58.00
2024.01	融合教育实践指南：教师手册		68.00
2024.01	融合教育实践指南：助理教师手册（第2版）		60.00
2024.01	孤独症儿童融合教育生态支持系统建设的理念与实践	王红霞	59.00
2024.06	特殊教育和行为科学中的单一被试设计	[美]David Gast	68.00
2024.07	沟通障碍导论（第7版）	[美]Robert E. Owens 等	198.00
2024.08	聪明却慢一拍的孩子	[美]Ellen Braaten 等	49.00
2024.08	聪明却冷漠的孩子		49.00
2024.09	孤独症儿童沟通能力早期培养	[美]Phil Christie 等	58.00
2024.09	孤独症儿童干预 Jasper 模式	[美]Connie Kasari	98.00
2024.09	融合幼儿园教师实践指南	[日]永富大铺	49.00
2024.10	优秀行为分析师的25项基本技能	[美]Jon S. Bailey 等	68.00

标*号书籍均有电子书

微信公众平台：HX_SEED（华夏特教）

微店客服：13121907126

天猫官网：hxcbs.tmall.com

意见、投稿：hx_seed@hxph.com.cn

关注我，看新书！ 联系地址：北京市东直门外香河园北里4号(100028)

华夏特教系列丛书

书号	书名	作者	定价
	孤独症入门		
*0137	孤独症谱系障碍：家长及专业人员指南	[英]Lorna Wing	59.00
*9879	阿斯伯格综合征完全指南	[英]Tony Attwood	78.00
*9081	孤独症和相关沟通障碍儿童治疗与教育	[美]Gary B. Mesibov	49.00
*0157	影子老师实战指南	[日]吉野智富美	49.00
*0014	早期密集训练实战图解	[日]藤坂龙司 等	49.00
*0116	成人安置机构ABA实战指南	[日]村本净司	49.00
*0510	家庭干预实战指南	[日]上村裕章 等	49.00
*0119	孤独症育儿百科：1001个教学养育妙招（第2版）	[美]Ellen Notbohm	88.00
*0107	孤独症孩子希望你知道的十件事（第3版）		49.00
*9202	应用行为分析入门手册（第2版）	[美]Albert J. Kearney	39.00
*0356	应用行为分析和儿童行为管理（第2版）	郭延庆	88.00
	教养宝典		
*0149	孤独症儿童关键反应教学法（CPRT）	[美]Aubyn C. Stahmer 等	59.80
*0461	孤独症儿童早期干预准备行为训练指导	朱璟、邓晓蕾等	49.00
9991	做看听说（第2版）：孤独症谱系障碍人士社交和沟通能力	[美]Kathleen Ann Quill 等	98.00
*0511	孤独症谱系障碍儿童关键反应训练掌中宝	[美]Robert Koegel 等	49.00
9852	孤独症儿童行为管理策略及行为治疗课程	[美]Ron Leaf 等	68.00
*0468	孤独症人士社交技能评估与训练课程	[美]Mitchell Taubman 等	68.00
*9496	地板时光：如何帮助孤独症及相关障碍儿童沟通与思考	[美]Stanley I. Greenspan 等	68.00
*9348	特殊需要儿童的地板时光：如何促进儿童的智力和情绪发展		69.00
*9964	语言行为方法：如何教育孤独症及相关障碍儿童	[美]Mary Barbera 等	49.00
*0419	逆风起航：新手家长养育指南	[美]Mary Barbera	78.00
9678	解决问题行为的视觉策略	[美]Linda A. Hodgdon	68.00
9681	促进沟通技能的视觉策略		59.00
*8607	孤独症儿童早期干预丹佛模式（ESDM）	[美]Sally J.Rogers 等	78.00
*9489	孤独症儿童的行为教学	刘昊	49.00
*8958	孤独症儿童游戏与想象力（第2版）	[美]Pamela Wolfberg	59.00
*0293	孤独症儿童同伴游戏干预指南：以整合性游戏团体模式促进		88.00
9324	功能性行为评估及干预实用手册（第3版）	[美]Robert E. O'Neill 等	49.00
*0170	孤独症谱系障碍儿童视频示范实用指南	[美]Sarah Murray 等	49.00
*0177	孤独症谱系障碍儿童焦虑管理实用指南	[美]Christopher Lynch	49.00
8936	发育障碍儿童诊断与训练指导	[日]柚木馥、白崎研司	28.00
*0005	结构化教学的应用	于丹	69.00
*0402	孤独症及注意障碍人士执行功能提高手册	[美]Adel Najdowski	48.00
*0167	功能分析应用指南：从业人员培训指导手册	[美]James T. Chok 等	68.00
9203	行为导图：改善孤独症谱系或相关障碍人士行为的视觉支持	[美]Amy Buie 等	28.00

书号	书名	作者	定价
	融合教育		
*9228	融合学校问题行为解决手册	[美]Beth Aune	30.0
*9318	融合教室问题行为解决手册		36.0
*9319	日常生活问题行为解决手册		39.0
*9210	资源教室建设方案与课程指导	王红霞	59.0
*9211	教学相长：特殊教育需要学生与教师的故事		39.0
*9212	巡回指导的理论与实践		49.0
9201	你会爱上这个孩子的！：在融合环境中教育孤独症学生（第2版）	[美]Paula Kluth	98.0
*0013	融合教育学校教学与管理	彭霞光、杨希洁、冯雅静	49.0
0542	融合教育中自闭症学生常见问题与对策	"基础教育阶段自闭症学生支持服务体系建设"项目	49.0
9329	融合教育教材教法	吴淑美	59.0
9330	融合教育理论与实践		69.0
9497	孤独症谱系障碍学生课程融合（第2版）	[美]Gary Mesibov	59.0
8338	靠近另类学生：关系驱动型课堂实践	[美]Michael Marlow 等	36.0
*7809	特殊儿童随班就读师资培训用书	华国栋	49.0
8957	给他鲸鱼就好：巧用孤独症学生的兴趣和特长	[美]Paula Kluth	30.0
*0348	学校影子老师简明手册	[新加坡]廖越明 等	39.0
*8548	融合教育背景下特殊教育教师专业化培养	孙颖	88.0
*0078	遇见特殊需要学生：每位教师都应该知道的事		49.0
	生活技能		
*0130	孤独症和相关障碍儿童如厕训练指南（第2版）	[美]Maria Wheeler	49.0
*9463	发展性障碍儿童性教育教案集/配套练习册	[美]Glenn S. Quint 等	71.0
*9464	身体功能障碍儿童性教育教案集/配套练习册		103.0
*0512	孤独症谱系障碍儿童睡眠问题实用指南	[美]Terry Katz 等	59.0
*8987	特殊儿童安全技能发展指南	[美]Freda Briggs	42.0
*8743	智能障碍儿童性教育指南	[美]Terri Couwenhoven	68.0
*0206	迎接我的青春期：发育障碍男孩成长手册		29.0
*0205	迎接我的青春期：发育障碍女孩成长手册		29.0
*0363	孤独症谱系障碍儿童独立自主行为养成手册（第2版）	[美]Lynn E.McClannahan 等	49.0
	转衔|职场		
*0462	孤独症谱系障碍者未来安置探寻	肖扬	69.0
*0296	长大成人：孤独症谱系人士转衔指南	[加]Katharina Manassis	59.0
*0528	走进职场：阿斯伯格综合征人士求职和就业指南	[美]Gail Hawkins	69.0
*0299	职场潜规则：孤独症及相关障碍人士职场社交指南	[美]Brenda Smith Myles 等	49.0
*0301	我也可以工作！青少年自信沟通手册	[美]Kirt Manecke	39.0
*0380	了解你，理解我：阿斯伯格青少年和成人社会生活实用指南	[美]Nancy J. Patrick	59.0

纳，这可能是所有阿斯孩子及其家长都要面对和纠结的课题。

写到这里，又想起了翻译过程中令我倍感折磨的一点：作者的语言风格。这是我见过的最喜欢使用明喻暗喻、成语俗语的作者，甚至一度让我疑惑他是不是被误诊了，因为在我的印象中，谱系孩子理解修辞是有困难的，更何况能够运用自如。

就这一点，本书的另一位译者、我的学生闫琴琴也有同感。她负责翻译的是"道德和原则——理想与现实"这一章节，这一章里有很多类似"a leopard cannot change its spots""get called a 'swat' or a 'keen bean' or a 'spiff'""tarred with the same brush"的表达，她说："翻译起来很难，但推敲译文的时候也很有乐趣。"琴琴在翻译上的认真严谨给我留下了深刻印象。后生可畏，未来可期。

陈烽

2022 年 10 月于大连

推荐书目[①]

1. 托尼·阿特伍德. 阿斯伯格综合征完全指南[M]. 燕原, 冯斌, 译. 北京：华夏出版社, 2020.

2. 洛娜·温. 孤独症谱系障碍：家长及专业人士指南[M]. 孙敦科, 译. 北京：华夏出版社, 2022.

3. 天宝·格兰丁. 我心看世界（最新修订版）：天宝解析孤独症谱系障碍[M]. 燕原, 译. 北京：华夏出版社, 2018.

4. 天宝·格兰丁. 用图像思考：与孤独症共生[M]. 范玮, 译. 北京：华夏出版社, 2014.

5. 朱迪·巴伦, 肖恩·巴伦. 男孩肖恩：走出孤独症[M]. 池朝阳, 译. 北京：华夏出版社, 2015.

6. 埃伦·诺特波姆. 孤独症孩子希望你知道的十件事[M]. 燕原, 秋爸爸, 译. 北京：华夏出版社, 2021.

7. 利亚娜·霍利迪·维利. 故作正常：与阿斯伯格综合征和平相处[M]. 朱宏璐, 译. 北京：华夏出版社, 2022.

[①] 编注：原书提供的参考书目为英文书目，绝大多数未在国内出版。此处给出的是与本书内容具有较强关联性的、与孤独症谱系障碍和阿斯伯格综合征相关的部分书籍，供读者参考。

8. 埃伦·诺特波姆. 孤独症孩子希望你知道的十件事（第3版）[M]. 秋爸爸, 燕原, 译. 北京: 华夏出版社, 2021.

9. 埃伦·诺特波姆, 韦罗妮卡·齐斯克. 孤独症育儿百科（第2版）: 1001个教学养育妙招[M]. 张雪琴, 译. 北京: 华夏出版社, 2021.

10. 珍妮弗·库克·奥图尔. 孤独的高跟鞋: PUA、厌食症、孤独症和我[M]. 陈烽, 译. 北京: 华夏出版社, 2022.

11. 东田直树. 我想飞进天空[M]. 张怀强, 译. 北京: 中信出版社, 2016.

12. 霍莉·罗宾森·皮特, 莱恩·伊丽莎白·皮特, 鲁尼·杰克逊·皮特. 一模两样: 搭乘自闭症列车的青少年[M]. 陈嘉桐, 译. 北京: 中国环境出版集团, 2018.

图书在版编目（CIP）数据

我很特别，这其实很酷！/（英）卢克·杰克逊（Luke Jackson）著；陈烽，闫琴琴译. --北京：华夏出版社有限公司，2023.3（2024.3 重印）
书名原文：Freaks, Geeks and Asperger Syndrome:A User Guide to Adolescence
ISBN 978-7-5222-0428-4

Ⅰ.①我… Ⅱ.①卢… ②陈… ③闫… Ⅲ.①传记文学－英国－现代 Ⅳ.①I561.55

中国版本图书馆 CIP 数据核字（2022）第 204298 号

Copyright ©[Luke Jackson,2002]
This translation of 'Freaks, Geeks and Asperger Syndrome:A User Guide to Adolescence' is published by arrangement with Jessica Kingsley Publishers Ltd.
www.jkp.com
Chapter 6 'A Different Physiology' has been omitted, in order to update the Chinese edition.

©华夏出版社有限公司 未经许可，不得以任何方式使用本书全部及任何部分内容，违者必究。

北京市版权局著作权合同登记号：图字 01-2022-3629 号

我很特别，这其实很酷！

作　　者　[英]卢克·杰克逊	译　者　陈　烽　闫琴琴
策划编辑　刘　娲	责任编辑　李亚飞

出版发行	华夏出版社有限公司
经　　销	新华书店
印　　装	三河市少明印务有限公司
版　　次	2023 年 3 月北京第 1 版 2024 年 3 月北京第 2 次印刷
开　　本	880×1230　1/32 开
印　　张	6.75
字　　数	136 千字
定　　价	39.00 元

华夏出版社有限公司　地址：北京市东直门外香河园北里 4 号
　　　　　　　　　　　　邮编：100028　网址：www.hxph.com.cn
　　　　　　　　　　　　电话：（010）64663331（转）

若发现本版图书有印装质量问题，请与我社营销中心联系调换。